*LE COMTE DE MONTE-CRISTO*
*est récrit pour vous en 800 mots.*

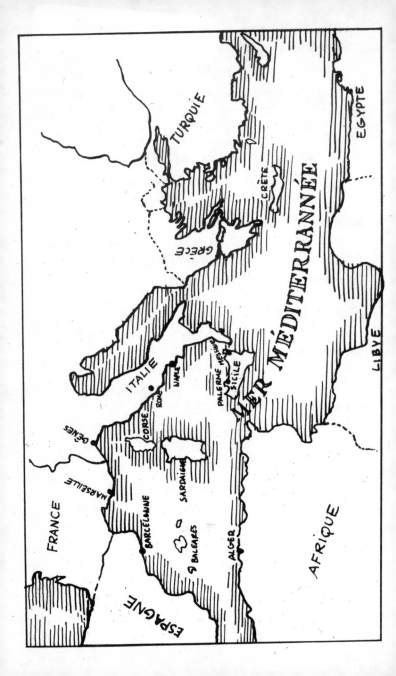

# A. DUMAS
# LE COMTE DE MONTE CRISTO

**adaptation de Pierre de BEAUMONT**

Hatier - Paris 1967.

## PREFACE

Jusqu'en 1792, la France avait toujours été gouvernée* par des rois*. Cette année-là, les Français décident de changer de gouvernement. Ils condamnent même leur roi, Louis XVI, à mort. Les royalistes* sont chassés. Tous les rois d'Europe font la guerre à la République française.

En 1799, Napoléon Bonaparte* devient le vrai maître du pays. En 1804, il est nommé empereur* des Français sous le nom de Napoléon Ier. Il veut faire de toute l'Europe un seul pays et tous les rois d'Europe continuent la guerre.

---

Les astérisques * indiquent les mots expliqués à la fin du livre.

En 1814, Napoléon est battu. Il est envoyé dans la petite île d'Elbe, au milieu de la Méditerranée. Le frère de Louis XVI devient roi de France sous le nom de Louis XVIII. Tous les membres de son gouvernement sont des royalistes, des ennemis de Napoléon.

Les amis de l'empereur préparent son retour et Napoléon rentre en France le 28 février 1815. Les royalistes sont de nouveau chassés. Mais Napoléon est battu trois mois plus tard et les royalistes reviennent. Ils chassent les bonapartistes* de tous les postes du gouvernement, les jugent, les condamnent parfois à mort.

L'histoire du Comte de Monte-Cristo (Edmond Dantès) commence en février 1815, quelques jours avant le retour, pour trois mois, de Napoléon, en France. Les royalistes sont les maîtres de la France et les amis de Napoléon, leurs ennemis, se cachent.

C'est alors qu'un bateau, Le Pharaon, revient d'Egypte en France. Au moment où il va passer devant l'île d'Elbe, où se trouve alors l'empereur Napoléon, son capitaine*, M. Leclère, tombe malade. Celui-ci, avant de mourir, donne à un jeune homme, Edmond Dantès, le commandement du bateau et l'ordre de s'arrêter à l'île d'Elbe pour remettre une lettre à l'empereur.

Napoléon reçoit Edmond Dantès. Il lui remet à son tour une lettre et lui demande de la porter à Paris. Edmond Dantès accepte*. Le voilà devenu, sans l'avoir voulu, un ami de l'empereur Napoléon, un ennemi de Louis XVIII et des royalistes.

## L'ARRIVEE A MARSEILLE

Le 24 février 1815, à quatre heures de l'après-midi, un bateau de la famille Morrel, *Le Pharaon*, approche\* du port de Marseille. Il avance lentement et, sur le quai, un des nombreux curieux dit à un voisin :

— Il est sûrement arrivé un malheur.

A ces mots, un homme saute dans une barque\* et donne l'ordre qu'on le conduise jusqu'au *Pharaon*.

Un jeune homme de dix-huit à vingt ans est debout à l'avant de ce bateau. Il est grand, mince. Ses yeux et ses cheveux sont très noirs. Il a l'air simple et sûr de lui. Quand la barque arrive en dessous de lui, il enlève son chapeau.

L'homme lui crie d'en bas :

— Ah ! c'est vous, Edmond Dantès ! Qu'est-ce qui est arrivé ?

Le jeune homme répond :

— Un grand malheur, monsieur Morrel. Il y a trois jours, le capitaine Leclère est mort.

— Et le chargement* ?

— Tout va bien et vous serez content ; mais le pauvre capitaine...

— Il est tombé à la mer ?

— Non, mort d'une terrible fièvre.

— Ah ! nous devons tous mourir et les jeunes doivent prendre la place des vieux.

— Peut-être, monsieur, mais cette mort est vraiment pour moi un grand malheur.

Après avoir dit ces mots, Dantès va à l'avant du bateau et donne un ordre. Puis il revient au-dessus de la barque et dit :

— Excusez-moi, monsieur. Nous venons de passer devant le château* d'If (1) et le bateau va entrer dans le port. Il faut que je vous quitte. Mais je vois venir monsieur Danglars, l'homme qui s'est occupé du chargement pendant ce voyage. Il vous dira tout ce que vous voudrez savoir. Attrapez d'abord cette corde et montez.

M. Morrel prend la corde, monte et se trouve en face de Danglars. C'est un homme de vingt-cinq

---

(1) Le château d'If a été construit sur un rocher en mer. Ce rocher sort de l'eau à trois ou quatre kilomètres au sud de Marseille. En 1815, ce château servait de prison. On y enfermait les ennemis du roi Louis XVIII.

à vingt-six ans, au visage gras, qui ne regarde pas dans les yeux.

— Eh bien, monsieur Morrel, dit Danglars, vous savez le malheur ?

— Oui, oui. Pauvre Leclère ! un si bon capitaine.

— Il a vécu entre le ciel et l'eau à votre service et à celui de votre père. Il sera bien difficile à remplacer.

— Croyez-vous ? demande M. Morrel qui suit Dantès des yeux.

Danglars regarde méchamment le jeune homme et dit :

— Ce garçon est bien jeune et bien sûr de lui.

— Il me semble qu'il n'y a pas besoin d'être vieux pour savoir commander. Notre ami Edmond a l'air de connaître son métier et de n'avoir pas besoin de conseils.

— Il n'en a pas demandé pour prendre le commandement du bateau, reprend Danglars, et il a commencé par perdre un jour et demi à l'île d'Elbe.

— Il a bien fait de prendre le commandement et mal fait de perdre un jour et demi. Mais le bateau avait peut-être besoin d'être réparé ?

— Le bateau n'avait pas de mal, monsieur Morrel. Ce jour et demi a été perdu pour le seul plaisir d'aller à terre.

— Dantès, appelle Morrel, venez donc ici.

— Dans un moment, monsieur, répond le jeune homme. J'ai encore quelques ordres à donner.

Il les donne, puis s'approche et demande :

— Vous m'avez appelé, je crois ?

Danglars fait un pas en arrière.

— Pourquoi vous êtes-vous arrêté à l'île d'Elbe ?

— Pour obéir au dernier ordre du capitaine Leclère. Avant de mourir, il m'avait donné un paquet et m'avait demandé de le porter à l'empereur Napoléon.

Morrel regarde autour de lui, ne voit personne et demande à voix basse :

— L'avez-vous vu, Edmond ?

— Oui.

— Et comment va-t-il ?

— Il m'a semblé qu'il allait bien.

— Et que vous a-t-il dit ?

— Il m'a posé beaucoup de questions : quelle route j'allais suivre, quel était le chargement, si le bateau était à vendre. Je suis sûr qu'il avait envie de l'acheter. J'ai répondu que *Le Pharaon* n'était pas à moi, mais à vous, monsieur Morrel. Alors, il m'a dit : « Ah ! Ah ! je connais cette famille. Il y a eu un Morrel dans l'armée avec moi en 1785 ».

— C'est vrai ! dit M. Morrel. C'était Policar Morrel, mon oncle. Dantès, quand vous le rencontrerez, vous lui direz que l'empereur pense encore à lui. Et vous le verrez pleurer... Vous avez bien fait, Dantès, d'obéir au capitaine Leclère et de vous arrêter à l'île d'Elbe... Mais, si on apprenait que vous avez porté une lettre à l'empereur Napoléon, la police pourrait vous mettre en prison.

— Et pourquoi ? Je ne sais même pas ce que

je portais et l'empereur m'a posé seulement des questions sur le bateau. Mais je dois aller donner de nouveaux ordres. Est-ce que vous me permettez de vous quitter ?

— Faites, faites, mon bon Dantès.

Le jeune homme part. Danglars revient et dit :

— Eh bien, il me semble que ce jeune homme vous a donné de bonnes raisons pour expliquer son passage à l'île d'Elbe.

— De très bonnes, monsieur Danglars. Dantès a fait son devoir. Le capitaine Leclère lui avait donné un ordre.

— Leclère lui a demandé aussi avant de mourir de vous remettre une lettre. Est-ce qu'il vous l'a donnée ?

— A moi, non ! Il y avait une lettre ?

— Oui, en plus du paquet.

— Comment savez-vous qu'il y avait un paquet ?

Danglars rougit.

— Je passais devant la porte du capitaine et je l'ai vu remettre ce paquet et cette lettre à Dantès.

— Il ne m'en a pas parlé.

— Alors, monsieur Morrel, c'est que je me suis trompé.

A ce moment, Dantès revient et Danglars fait de nouveau quelques pas en arrière. M. Morrel dit à Dantès :

— Edmond, voulez-vous venir dîner avec moi ?

— Excusez-moi, monsieur Morrel, excusez-moi,

Je dois aller dîner avec mon père. Il est vieux, très pauvre et je l'aime.

— Vous êtes un bon fils, Dantès.

— Sa santé est-elle bonne ?

— Je crois que oui. Mais je ne l'ai pas vu depuis longtemps.

— Oui, il ne sort pas de sa petite chambre.

— Il a sans doute tout ce qu'il lui faut...

— Mon père ne demanderait quelque chose qu'à Dieu.

— Venez donc déjeuner avec moi, demain.

— Excusez-moi encore, monsieur Morrel. Mais, demain, il faut que je voie une autre personne.

— C'est vrai, Dantès. J'oubliais la belle Mercédès. Elle vous attend, elle aussi. Partez donc. Mais, dites-moi, le capitaine Leclère vous a-t-il donné une lettre pour moi avant de mourir ?

— Il lui était impossible d'écrire, monsieur... Mais j'ai encore quelque chose à vous demander. Pouvez-vous me permettre de revenir dans quinze jours seulement ?

— Vous voulez vous marier ?

— Oui, et ensuite aller à Paris.

— Faites ce que vous voulez, Dantès. Mais dans trois mois, il faudra que vous soyez là. *Le Pharaon* ne pourrait pas repartir sans son capitaine.

— Sans son capitaine ! Allez-vous me nommer capitaine du *Pharaon* ?

— Pourquoi pas ?

— Oh, monsieur ! dit Dantès en prenant la main de Morrel, merci !

**12**

— C'est bien, c'est bien, Edmond. Allez voir votre père, allez voir Mercédès, et revenez me trouver.

— Voulez-vous que je vous conduise à terre ?

— Non. Je dois travailler avec Danglars. Avez-vous été content de lui pendant le voyage ?

— Cet homme n'est pas mon ami, mais je crois qu'il a bien fait son travail.

— Dites-moi, Dantès, si vous étiez capitaine du *Pharaon*, garderiez-vous Danglars avec plaisir ?

— Je le garderai si vous êtes content de lui.

— Dantès, vous êtes un bon garçon. Partez ! Je ne veux pas vous empêcher plus longtemps d'aller retrouver votre père.

Le jeune homme saute dans une barque. M. Morrel le suit des yeux avec amitié pendant qu'il traverse le port. Derrière lui, Danglars regarde, mais lui, sans amitié.

 LE PERE ET LE FILS

Dantès suit la rue de la Canebière. Il tourne place de Noailles, puis il entre dans une rue étroite et monte rapidement un escalier sombre. Il s'arrête au quatrième étage devant la porte, laissée ouverte, de la petite chambre de son père.

Le vieil homme ne sait pas encore que *Le Pharaon* est arrivé. Debout sur une chaise, il attache à une ficelle* la branche d'une plante qui pousse dans un pot*. Tout à coup, il se sent pris dans des bras solides et une voix bien connue crie derrière lui :

— Mon père, mon bon père !

Le vieil homme pousse un cri et se retourne. Il voit son fils et se laisse tomber dans ses bras. Il ferme les yeux. Son visage est tout blanc.

— Mon père, es-tu malade ? demande Edmond. Je reviens. Nous allons être heureux.

— Ah ! je suis bien content. Tu ne me quittes donc plus ?

— Père, je devrai repartir.

— Alors, comment pourrons-nous être heureux ?

14

— Le bon capitaine Leclère est mort, hélas ! et je suis très triste. Mais monsieur Morrel m'a dit que je serai le capitaine du *Pharaon*. Comprends-tu, mon père ? Capitaine à vingt ans ! et bien payé ! Qu'est-ce qu'on peut espérer de plus quand on est pauvre comme nous ?

— Oui, mon fils, oui, dit le vieil homme, c'est bien.

— Mon premier argent servira à t'acheter une petite maison, avec un jardin pour tes plantes... Mais, qu'as-tu donc, père ? On dirait que tu te trouves mal ?

— Ce n'est rien.

— Bois un verre de vin et mange quelque chose. Ensuite, tu te sentiras mieux. Où mets-tu ton vin ?

— Il n'y a rien à boire, ni à manger dans la maison. Mais il ne manque rien : tu es là.

— Père, il y a trois mois, je t'avais laissé quatre cents francs. Je pensais que c'était assez pour vivre jusqu'à mon retour.

— Oui, oui, Edmond, c'est vrai ; mais tu avais oublié, en partant, que tu devais une petite somme à Caderousse, le tailleur*, notre voisin. Il m'a dit que je devais la lui donner ou qu'il la demanderait à monsieur Morrel. Alors, tu comprends, j'ai eu peur que monsieur Morrel pense du mal de toi.

— C'est vrai ! je devais plus de deux cents francs à Caderousse. Mais il m'avait dit qu'il n'avait pas besoin d'argent, qu'il pouvait attendre.

— Il m'a réclamé deux cent soixante francs.

— Et tu les as donnés sur les quatre cents laissés ?

Le vieil homme fait oui de la tête.

— Tu as vécu trois mois avec cent quarante rrancs (1) ! Pourquoi as-tu fait cela ?

— Je te l'ai dit... Mais te voilà, répond le père en souriant, et tout est bien.

— Oui, me voilà et avec de l'argent. Tiens, père, prends, prends.

Et le jeune homme vide ses poches sur la table. Une dizaine de pièces* d'or et cinq ou six d'argent tombent et roulent.

— Père, reprend Edmond, je ne veux plus que tu restes seul. Je paierai quelqu'un pour te servir. Mais attention, on vient.

A ce moment, Caderousse entre. C'est un homme de vingt-cinq à vingt-six ans qui a la barbe très noire. Il dit qu'il vient voir Dantès par amitié, mais c'est Danglars qui l'envoie pour essayer de savoir si le jeune homme va être nommé capitaine du *Pharaon*.

Caderousse fait parler Edmond, puis descend retrouver Danglars qui l'attend au coin de la rue.

— Eh bien, dit Danglars, qu'est-ce qu'il t'a dit ?

— Il est sûr d'être capitaine. Bientôt on ne pourra plus lui parler.

— Il n'est pas encore capitaine, et si nous le

---

(1) Le père d'Edmond a vécu avec moins de cinquante francs par mois, pendant trois mois. C'est très peu. En 1814 en France, les hommes âgés, dans une grande ville, ont besoin d'au moins cent francs par mois pour manger à leur faim. Il faut deux fois plus d'argent, pour nourrir un homme qui travaille.

voulons, il ne sera bientôt même plus matelot*,
dit Danglars à voix basse.

— Que dis-tu ?

— Je me parle à moi-même. Est-ce qu'il aime
toujours la belle Mercédès ?

— Oui, mais il n'est pas plus son mari qu'il
n'est capitaine. Quand elle vient en ville, c'est
toujours avec Fernand, un grand garçon à l'œil
noir, à la peau très brune et qu'elle appelle son
cousin.

— Allons boire au café* La Réserve, sur le
chemin de leur village. Nous apprendrons sûrement quelque chose.


## MERCEDES


Caderousse et Danglars s'assoient à La Réserve
devant une table sous un arbre.

A une centaine de mètres plus loin, dans une
pauvre maison, une jeune fille est assise. Ses
cheveux sont noirs comme la nuit. Ses yeux sont
grands et doux. Elle tient, dans sa main, une
branche couverte de fleurs. Elle les fait tomber
une à une sur le sol.

A quelques pas d'elle, un grand garçon de vingt
à vingt-deux ans est assis. La colère se lit sur son
visage.

— Mercédès, dit-il, le mois d'avril revient bientôt. Ce sera le moment de nous marier. Répondez-moi.

— Je vous ai répondu cent fois, Fernand. Ne croyez-vous pas que c'est assez ? J'aime Edmond Dantès et Edmond seul sera mon mari.

— Et vous l'aimerez toujours ?

— Aussi longtemps que je vivrai.

Fernand baisse la tête... Au bout d'un moment, il relève le front :

— Mais s'il est mort ?

— S'il est mort, je mourrai.

— Mais s'il vous oublie ?

— Mercédès ! crie une voix jeune au-dehors de la maison. Mercédès !

— Ah ! s'écrie* la jeune fille, tu vois bien, Fernand, qu'il ne m'a pas oubliée. Le voilà !

Elle court vers la porte en disant :

— Edmond !... Me voici.

Fernand recule...

Edmond et Mercédès sont dans les bras l'un de l'autre. Le soleil les baigne de sa lumière. Il n'y a plus qu'eux au monde.

Tout à coup, Edmond voit dans l'ombre le visage blanc et les yeux pleins de colère de Fernand. Il dit :

— Ah ! pardon, je n'avais pas remarqué que nous étions trois.

Puis il se tourne vers Mercédès et demande :

— Qui est ce monsieur ?

— Monsieur sera votre meilleur ami, Dantès. C'est mon cousin, c'est mon frère, c'est Fernand ;

**18**

c'est-à-dire l'homme que j'aime le plus au monde,
Edmond, après vous. Est-ce que vous ne le recon-
naissez pas ?

— Ah ! si, dit Edmond.

Et, sans quitter de la main gauche la main
de Mercédès, il tend sa main droite à Fernand.
Celui-ci la serre du bout des doigts, puis sort en
courant.

— Eh ! Eh ! Fernand ! Où cours-tu ? dit une voix.

Le jeune homme s'arrête, regarde autour de lui et aperçoit Caderousse assis avec Danglars à une table de La Réserve. Il tombe plutôt qu'il ne s'assoit sur une des chaises qui entourent la table.

— Je t'ai appelé parce que tu courais comme un fou et que j'ai eu peur pour toi. Tu allais te jeter à la mer ? demande Caderousse.

Fernand ne répond pas, pose ses bras sur la table et sa tête sur ses mains.

Caderousse continue :

— Allons, lève la tête. Je vais te présenter : voici mon ami Danglars, Fernand. Et voilà Fernand, Danglars. Fernand est un des meilleurs pêcheurs de Marseille. C'est un cousin de la belle Mercédès, celle qui aime notre ami Dantès.

— Quand le mariage doit-il avoir lieu ? demande Danglars.

— Oh ! il n'est pas encore fait ! répond Fernand.

— Mais il se fera aussi sûrement que Dantès sera le capitaine du *Pharaon,* reprend Caderousse. N'est-ce pas, Danglars ?

Danglars regarde Caderousse. Il sait que son ami a déjà beaucoup bu. Aussi, il ne répond pas, remplit les verres, puis reprend :

— Eh bien, buvons à la santé du capitaine Edmond Dantès, mari de la belle Mercédès !

Caderousse porte le verre à sa bouche d'une main maladroite. Fernand jette son vin à terre.

Caderousse pose son verre, regarde devant lui sur la route et dit :

— Eh ! eh ! eh ! qu'est-ce que j'aperçois là-bas. Regarde donc, Fernand ; tu as meilleure vue que moi. Le vin commence à me faire voir double. On dirait qu'il y a deux personnes... Mais ils se tiennent par la main ! Grand Dieu, ils ne savent pas que nous les voyons, ils s'embrassent !

Danglars regarde avec attention et intérêt le visage de Fernand. Il demande :

— Les connaissez-vous, monsieur Fernand ?

Fernand, répond à voix basse :

— Oui, c'est monsieur Edmond Dantès et mademoiselle Mercédès.

— Ah ! dit Caderousse, et moi qui ne les reconnaissais pas. Ohé ! Dantès ! Ohé ! Mademoiselle ! Venez par ici... Ne voyez-vous pas vos amis ou ne voulez-vous par leur parler ?...

— Je suis heureux. Le bonheur me rend aveugle, répond Dantès.

— Quand a lieu le mariage ?

— Le plus tôt possible, monsieur Danglars, répond Edmond, demain ou après-demain au plus tard. Je vais demander à tous mes amis de venir déjeuner demain, ici, à La Réserve. J'espère que vous viendrez, et vous aussi monsieur Caderousse.

— Et Fernand ? demande Caderousse avec un rire épais. Est-ce que Fernand viendra ?

— Le frère de ma femme est mon frère, dit Edmond. Mercédès et moi serions très malheureux s'il n'était pas avec nous ce jour-là.

Fernand ouvre la bouche pour répondre, mais il ne trouve pas la force de parler. Edmond reprend :

— Nous sommes pressés : je dois aller à Paris.

— Ah ! vraiment ! à Paris, dit Danglars. C'est la première fois que vous y allez, Dantès ?

— Oui.

— Vous avez quelque chose à y faire ?

— Sur son lit de mort, le capitaine Leclère m'a demandé de porter quelque chose à quelqu'un. Mais, soyez tranquille, je prendrai seulement le temps d'aller et de revenir.

— Oui, je comprends, dit tout haut Danglars. Puis, tout bas : « A Paris ! il va porter une lettre de Napoléon, maintenant j'en suis sûr. Ah ! Dantès, mon ami, tu n'es pas encore capitaine du *Pharaon*.

Il se retourne vers Edmond qui s'éloigne* déjà avec Mercédès, et il crie :

— Bon voyage !

— Merci, répond Edmond en souriant.

Puis les deux jeunes gens continuent leur chemin comme s'ils montaient au ciel.

# LA LETTRE

Danglars suit Edmond et Mercédès des yeux jusqu'à ce qu'ils aient disparu* au coin d'une rue. Puis il regarde Fernand, blanc sur sa chaise, et Caderousse qui a trop bu et qui dort par moments.

— Ah ça ! monsieur, dit Danglars à Fernand, voilà un mariage qui ne paraît pas faire votre bonheur !

— C'est vrai, répond Fernand. J'aime Mercédès depuis longtemps.

— Et tu la laisses se marier avec un autre sans rien dire ?

— Qu'est-ce que je peux faire ?

— Est-ce que je sais, moi ? Est-ce que ça me regarde ? Mais on dit : cherchez et vous trouverez. Voyons, vous avez l'air d'un gentil garçon et je voudrais vous rendre service.

— Oui, dit Caderousse qui se réveille. Oui, il faut toujours rendre service.

— Si Dantès allait en prison*, reprend Danglars, Mercédès ne serait plus avec lui, et...

— Mais on sort de prison, remarque Caderousse, qui fait un gros effort pour comprendre ce qu'on dit. Et puis, Dantès n'a ni volé, ni tué.

— Tais-toi, dit Danglars, et bois.

— Je ne veux pas me taire, moi, dit Cade-rousse. Moi, j'aime Dantès. A ta santé*, Dantès !

Il boit un nouveau verre de vin et s'endort tout à fait sur sa chaise.

Danglars crie alors au serveur :

— Apportez une plume et du papier.

— Qu'est-ce que vous voulez faire ? demande Fernand.

— Dantès s'est arrêté à l'île d'Elbe. Il y a vu Napoléon. Si nous écrivons à un juge ou à la police qu'il veut ramener en France l'ancien empereur et chasser le roi, notre ami ira en prison.

— J'écrirai cette lettre, dit Fernand.

— Et vous croyez que Mercédès vous en remer-cierait ? Non, il ne faut pas qu'on puisse recon-naître votre écriture. Laissez-moi faire.

Danglars prend le papier et la plume. Il écrit de la main gauche :

*Edmond Dantès, de la maison Morrel, a rap-porté de l'île d'Elbe sur* Le Pharaon *une lettre pour des amis de l'ancien empereur. La lettre se trouve sur lui, chez son père ou sur le bateau.*

Danglars met le papier dans l'enveloppe. Il écrit sur celle-ci : *Monsieur de Villefort.* Puis il dit :

— Voilà qui est fait. Le juge peut la recevoir dans moins d'une heure.

— Oui, c'est fait, mais ce n'est pas un très joli travail, dit Caderousse qui s'est réveillé et qui a réussi à comprendre.

— Alors, n'envoyons pas la lettre, répond Danglars en la jetant par terre dans un coin de la salle. J'ai simplement voulu m'amuser.

— Ah ! je comprends, fait Caderousse. Eh bien ! buvons à la santé d'Edmond et de la belle Mercédès.

— Tu as déjà trop bu, dit Danglars en se levant. Moi, je pars. Mais tu ne peux pas venir avec moi. Tu ne tiens plus sur tes jambes. Reste ici.

— Comment ! Comment ! répond Caderousse. Je peux marcher mieux que toi. Tu vas voir.

Il se lève avec peine. Danglars le prend par le bras et sort en le portant à moitié. Quand il a fait une vingtaine de pas, il se retourne. Dans le café, Fernand se lève de table. Il ramasse la lettre et la met dans sa poche. Danglars sourit.

# LE REPAS

Le lendemain est un beau jour. Le soleil se lève dans un ciel sans nuage.

Le repas, commandé par Edmond, est préparé au premier étage de La Réserve. Bien avant midi, la salle à manger et le café sont pleins de matelots et d'amis. M. Morrel, lui-même, arrive, vers onze heures, et tous les hommes du *Pharaon* comprennent que Dantès sera leur capitaine. Ils en sont heureux, car ils l'aiment.

Edmond, Mercédès, quelques jeunes filles, le père de Dantès et Fernand paraissent bientôt. M. Morrel s'avance vers eux. Edmond place la main de Mercédès sous le bras de son patron (1). Ils montent au premier étage. Arrivée devant la table, la jeune fille dit :

— Monsieur Morrel, prenez la place de mon père qui est mort, mettez-vous à ma droite. A gauche, je mettrai celui qui a été mon vrai frère.

Elle se tourne, avec un gentil sourire, vers Fernand qui ne la regarde pas dans les yeux.

---

(1) Dans un mariage, en France, c'est le père qui donne le bras à sa fille, qui la conduit vers son fiancé qui va devenir son mari. Au cours du repas, avant le mariage, il est placé à droite de sa fille. Mercédès n'a plus son père, alors Dantès demande à M. Morrel de prendre la place du père.

Tous s'assoient et commencent à manger, à parler, à rire...

A la fin du repas, Caderousse dit à Danglars :

— Vrai. Dantès est un gentil garçon. Je suis content que la lettre n'ait pas été envoyée.

— Je me suis demandé d'abord ce que Fernand avait pu faire. Mais maintenant, il est ici, à côté de Mercédès ; je pense que tout va bien.

Caderousse regarde Fernand. Le visage du jeune homme est blanc comme celui d'un mort.

— Partons-nous ? demande bientôt la douce voix de Mercédès. Il est deux heures. On nous attend à la mairie dans un quart d'heure.

— Oui, oui, partons ! dit Dantès en se levant.

Tout le monde se lève. On se prépare à descendre et à quitter le restaurant. Fernand, seul, recule vers une fenêtre. Danglars qui le regarde avec attention, voit qu'il écoute. A ce moment, un bruit de pas lourds est entendu de tous. Des hommes montent l'escalier. On frappe à la porte. Quelqu'un crie :

« Au nom de la Loi*, ouvrez ! »

Personne ne répond.

La porte s'ouvre. Un policier et quatre soldats entrent dans la salle. M. Morrel qui connaît le policier s'avance et dit :

— Qu'y a-t-il ? Vous vous trompez certainement, monsieur.

— Non, monsieur. J'ai reçu des ordres. Qui est Edmond Dantès ?

— C'est moi, monsieur. Que me voulez-vous ?

— Edmond Dantès, au nom de la Loi, je vous arrête*.

— Vous m'arrêtez ! Mais pourquoi ?

— Je n'en sais rien. Mais vous allez bientôt l'apprendre.

M. Morrel comprend qu'il n'y a rien à faire pour le moment. Il dit au père d'Edmond qu'il faut laisser son fils obéir à la loi.

— Qu'est-ce que ça veut dire ? demande Caderousse à Danglars.

— Est-ce que je le sais ? Je suis comme toi : je vois ce qui se passe. Je n'y comprends rien.

Caderousse cherche des yeux Fernand. Il n'est plus là.

— Moi, je crois que je comprends... C'est la lettre que tu as écrite hier.

— Pas du tout. Tu sais bien que j'ai déchiré le papier.

— Tu ne l'as pas déchiré. Tu l'as jeté dans un coin.

— Tais-toi ! Tu n'as rien vu, tu avais trop bu.

A ce moment, on fait descendre l'escalier à Edmond. On le pousse dans une voiture.

— Adieu, Dantès ! Adieu, Edmond ! s'écrie Mercédès.

— Au revoir, Mercédès ! répond Edmond.

On l'emmène... En haut, dans la salle, le père Dantès et Mercédès tombent en pleurant dans les bras l'un de l'autre... A ce moment, Fernand rentre et s'assoit dans un coin sur une chaise :

— C'est lui, dit Caderousse à Danglars.

— Je ne crois pas. Il est trop bête.

Pendant que les gens parlent, M. Morrel court à Marseille demander des nouvelles. Il revient une demi-heure plus tard.

— Je ne sais pas ce qui va arriver, dit-il. On raconte qu'Edmond serait un agent de l'empereur Napoléon.

— Ah ! dit Caderousse à Danglars, moi je vais tout dire.

— Tais-toi, malheureux ! s'écrie Danglars en prenant Caderousse par le bras. Es-tu sûr que Dantès n'est pas un agent de l'empereur ? Le bateau s'est arrêté à l'île d'Elbe sans raison. Dantès est descendu à terre. Il y est resté un jour et demi. Si on trouve sur lui une lettre de Napoléon — et je suis certain qu'il en a une — on t'emmène, toi aussi, en prison.

— Alors, attendons, dit Caderousse qui a peur. Mais crois-moi, Danglars, nous aurons des malheurs, nous aussi.

— Si c'est Fernand qui a porté la lettre, c'est Fernand qui aura des malheurs. Allons ! viens. Nous n'avons plus rien à faire ici.


## MONSIEUR DE VILLEFORT


Le juge, M. Noirtier de Villefort, agent du roi, n'ose plus porter le nom de son père qui a servi Napoléon et qui continue à le servir. C'est pourquoi il se fait appeler seulement de Villefort.

C'est lui qui a reçu la lettre écrite par Dan-glars, postée par Fernand, et qui a donné l'ordre d'arrêter Dantès.

Quand on vient lui dire que le jeune homme est arrêté, Villefort est en train de dîner avec des amis. Ceux-ci lui disent :

— Le bruit court que Napoléon va essayer de revenir de l'île d'Elbe. Le devoir d'un bon juge, en ce moment, est d'emprisonner* tous les amis de l'ancien empereur.

— S'ils cherchent à l'aider...

— Votre père reste à son service. Tout le monde le sait. Si vous vous montrez faible, vous allez perdre votre place, Villefort, et peut-être votre liberté. Soyer dur !

— Je le serai.

A ces mots, le juge se lève et quitte la salle à manger.

Il rencontre à la porte de son bureau le poli-cier qui a arrêté Dantès et il se fait expliquer l'affaire. M. Morrel arrive à ce moment.

— Ah ! monsieur de Villefort, dit-il, je suis bien heureux de vous rencontrer. On vient de se tromper. On a arrêté Edmond Dantès, le capi-taine de mon bateau, *Le Pharaon*.

— Je le sais, monsieur ; c'est moi-même qui ai donné l'ordre de l'arrêter et je ferai arrêter tous les amis de l'ancien empereur qui prépa-rent son retour à Paris. Adieu, monsieur.

A ces mots, il salue froidement M. Morrel, en-tre dans son bureau et dit :

— **Amenez le prisonnier.**

— Dantès arrive entre deux soldats. Villefort lit quelques papiers posés devant lui.

— Je vois, dit-il au bout d'un moment, que vous vous appelez Edmond Dantès, que vous avez dix-neuf ans et que vous travaillez pour la maison Morrel. Que faisiez-vous quand on vous a arrêté ?

— Nous finissions de déjeuner. Mercédès, ma fiancée, et moi nous partions pour la mairie. A cette heure, nous devrions être mariés.

— Vous alliez vous marier ?

Dantès ne peut répondre. Il fait : oui de la tête. Villefort, qui lui-même doit se marier dans quelques jours, regarde attentivement Dantès et il pense avec tristesse qu'il pourrait, par intérêt, mettre fin au bonheur de ce jeune homme. Il lui demande :

— Avez-vous servi dans les armées de Napoléon ?

— Non, monsieur, j'étais trop jeune ; mais j'allais partir à la guerre quand l'empereur à été chassé.

— On dit que vous êtes un homme dangereux.

— Moi, dangereux ? J'ai à peine dix-neuf ans. Je m'occupe seulement de mon travail. Je ne pense qu'à aider mon père et à bien servir mon patron. J'aime. J'allais me marier, vous le savez.

— Avez-vous des ennemis ?

— Qui pourrait être mon ennemi ? Je suis pauvre. Je ne gêne personne. Je suis jeune, et, si je me mets quelquefois en colère, je ne fais jamais de mal. Tous ceux qui travaillent avec moi m'aiment.

— Vous allez être capitaine à l'âge de dix-neuf ans et une jolie femme vous aime. C'est assez pour avoir des ennemis. Tenez ! Cela ne doit pas se faire, mais je veux être bon pour vous. Je vais vous montrer la lettre que nous avons reçue. Lisez et dites-moi qui l'a écrite.

Dantès lit. Puis il lève la tête, regarde M. de Villefort avec des yeux tristes et dit :

— Non, je ne sais pas qui a pu écrire cette lettre. Tout ce que je peux dire, c'est que je suis heureux d'avoir rencontré un homme comme vous.

— Maintenant, reprend le juge avec un sourire, répondez-moi comme à un ami. Qu'y a-t-il de vrai dans cette lettre ?

— Tout et rien, monsieur. Voici la vérité : au départ de Naples, le capitaine du *Pharaon* est tombé malade. Il n'y avait pas de docteur à bord et, le troisième jour, le capitaine m'a fait appeler. Il m'a dit : « Je sens que je vais mourir. Promettez-moi de faire ce que je vais vous demander ». J'ai promis. Le capitaine a repris : « Après ma mort, vous irez à l'île d'Elbe. Vous demanderez à être reçu par Napoléon. Vous lui donnerez cette lettre. Et vous prendrez celle qu'il vous donnera ».

— Et qu'avez-vous fait ?

— Ce que je devais faire, monsieur ; ce que tout autre aurait fait à ma place. Je me suis arrêté à l'île d'Elbe. J'ai vu l'ancien empereur. Il m'a remis une lettre et m'a demandé de la porter à

Paris. Je suis arrivé à Marseille. J'ai préparé mon mariage. Je devrais être marié à cette heure. Demain, je partais pour Paris...

— Il me semble, répond de Villefort, que vous dites la vérité. Donnez-moi la lettre que vous avez apporté de l'île d'Elbe... et vous pourrez bientôt retrouver vos amis.

— Oh ! merci, monsieur... Cette lettre se trouve dans mes papiers. Vous devez l'avoir.

— A qui cette lettre est-elle adressée ?

— A monsieur Noirtier, rue du Coq-Héron, à Paris.

Tout le sang semble quitter le visage du juge. Il prend la lettre d'une main qui tremble* et lit :

*M. Noirtier, rue du Coq-Héron, n° 13*

— Alors, je suis libre ? demande Dantès qui met son chapeau et qui se prépare à partir.

— Attendez, crie presque le juge... Puis il reprend à voix basse : « M. Noirtier ! M. Noirtier ! »

-— Le connaissez-vous ? demande Dantès étonné.

— Non, répond très vite le juge. Un vrai servi-
teur du roi ne connaît pas quelqu'un qui veut chasser son maître et ramener Napoléon à Paris.

— Je vous répète que moi, je ne sais pas ce qu'il
y a dans cette lettre.

— Oui, mais vous savez le nom de celui à qui
elle est adressée ?

— Pour porter une lettre à quelqu'un, il faut
bien connaître son adresse.

— Avez-vous montré cette lettre ?

— A personne, monsieur.

— Laissez-moi lire.

Villefort lit et passe sa main sur son visage
blanc comme celui d'un mort. Il doit se marier
dans quelques jours avec une jeune fille riche. Les
parents de cette jeune fille sont des amis du roi,
des ennemis de Napoléon. Si la lettre de Napoléon
à son père est lue, il perd sa place* et son mariage
n'aura pas lieu. Il laisse tomber sa tête entre ses
mains.

— Oh ! mon Dieu ! qu'avez-vous, monsieur ?
demande Dantès.

Villefort ne répond pas. Mais au bout d'un moment, il relève la tête et relit une deuxième fois
la lettre.

— Et vous dites que vous ne savez pas ce qu'il
y a dans cette lettre ? reprend Villefort.

— Non, je le répète, monsieur, dit Dantès. Mais
qu'avez-vous ? Etes-vous malade ? Voulez-vous
que j'appelle ?

-— Non, monsieur, dit Villefort en se levant.

C'est à moi de donner des ordres, ici, et non pas à vous.

— Monsieur, dit Dantès, c'était pour vous aider.

— Je n'ai pas besoin d'aide.

Il se rassoit et pense : « S'il sait ce qu'il y a dans cette lettre et s'il apprend que Noirtier est mon père, je suis perdu ! » Puis, tout d'un coup, il se décide, regarde Dantès droit dans les yeux et dit :

— Monsieur, j'ai lu et relu cette lettre... et je ne peux pas, comme je le pensais d'abord, vous permettre de retourner tout de suite près de vos amis. Je dois d'abord demander conseil et donner des ordres... Vous savez comment je vous ai parlé.

— C'est vrai. Vous vous êtes montré plus un ami qu'un juge.

— Eh bien ! vous allez rester peu de temps prisonnier. Soyez-en sûr. Regardez.

Villefort prend la lettre et la jette dans le feu.

— Vous voyez... Il n'y a plus rien contre vous.

— Oh, monsieur ! Merci.

— Vous me croyez maintenant ?

— Oh ! monsieur ! Certainement.

— Vous allez rester ici jusqu'à ce soir et, si quelqu'un d'autre que moi vient vous poser des questions, ne dites pas un mot de cette lettre.

— Je vous le promets. Soyez tranquille.

A ce moment, Villefort sonne*. Des soldats entrent.

— Suivez ces hommes, dit le juge à Dantès.

Quand la porte est refermée, Villefort se laisse tomber sur une chaise, et dit à voix presque haute :

— Oh ! mon Dieu ! si je n'avais pas été là, j'étais perdu !... Ah ! mon père, mon père, serez-vous toujours mon ennemi sans le vouloir ?

## LE CHATEAU D'IF

Les deux soldats font passer Dantès dans un couloir*. Puis ils ouvrent une porte, poussent Dantès devant eux et referment. Le jeune homme reste seul.

Les heures passent. La nuit tombe. Dantès croit à tout moment qu'on vient lui ouvrir. Il se lève. Mais les pas qu'il entend ne s'arrêtent pas. Il se rassoit.

Vers dix heures du soir, la porte s'ouvre. Quatre soldats paraissent. On dit à Dantès de sortir. Une voiture attend dans la rue. On le fait monter et asseoir entre deux soldats.

La voiture descend des rues jusqu'à la mer. Elle s'arrête sur un quai devant une barque. Dantès doit passer entre une douzaine de soldats. Il s'en étonne et demande :

— Où donc me conduisez-vous ?

— Nous ne pouvons pas vous le dire, répond le chef, mais vous le saurez bientôt.

Dantès se pose des questions. Le juge a été si bon. Il a brûlé la lettre, personne n'est venu lui parler. C'est donc qu'on le conduit en dehors de la ville et qu'on va le remettre en liberté. Il respire avc plaisir l'air de la mer et pense à Mercédès.

Au bout d'un moment, il s'aperçoit que la barque avance vers le large* Et, tout d'un coup, le sombre château d'If apparaît sur son rocher, le château d'If, la prison bien connue, celle d'où les prisonniers ne reviennent jamais. Alors, Dantès s'écrie :

— Le château d'If ! Qu'est-ce que nous allons faire là ?

Les soldats sourient.

— Mais on ne me mène pas là ? Je n'ai fait aucun mal. Je veux revoir le juge.

— Allons, allons, l'ami, répond un des soldats, celui qui doit être le chef, ne vous moquez pas de nous. Il n'y a pas de juge au château d'If, seulement des gardiens, des soldats comme nous.

— On me conduit au château d'If pour me mettre en prison ? Mais monsieur de Villefort m'a promis...

— Monsieur de Villefort nous a donné l'ordre.

Dantès veut sauter à la mer. Mais les soldats s'y attendaient. Dantès n'est pas le plus fort. Quatre hommes le jettent dans le fond de la barque. L'un d'eux met un genou sur sa poitrine et dit :

— Plus un mouvement ou je te tue.

Presque au même moment, la barque touche le bas d'un escalier creusé dans les roches. Dantès, tenu par les bras, est obligé de monter. Il passe une porte et cette porte se referme derrière lui. Il se trouve dans une tour carrée entre de hauts

murs. Il entend des pas de soldats qui tournent autour de lui. Quand ils passent devant les deux ou trois lumières encore allumées dans le château, leurs fusils* brillent. On attend là dix minutes à peu près. Puis on fait descendre un escalier à Dantès et on le pousse dans une chambre à demi sous terre. Une vieille lampe lui permet de voir son gardien : un homme mal habillé, qui a l'air bête et méchant.

— Voici votre chambre pour cette nuit, dit-il. Voici du pain. Il y a de l'eau dans ce pot, de la paille là-bas dans un coin. C'est tout ce qu'un prisonnier peut espérer. Bonsoir.

Dantès n'a pas le temps d'ouvrir la bouche pour répondre, ni de remarquer où on pose le pain, de voir le pot, ou la paille. Le gardien a pris la lampe et il est sorti.

Le jeune homme se trouve seul dans l'ombre et dans le silence, sous des murs d'où tombe un froid humide.

Au lever du jour, le gardien revient. Dantès n'a pas changé de place. Une main de fer semble l'avoir tenu toute la nuit debout, à l'endroit même où il s'était arrêté. Le gardien s'approche, tourne autour de lui, mais Dantès ne paraît pas le voir. Il lui frappe sur l'épaule.

— N'avez-vous pas dormi ? demande l'homme.

— Je ne sais pas, répond Dantès.

L'homme le regarde avec étonnement. Il continue :

— N'avez-vous pas faim ?

— Je ne sais pas, répond Dantès.

— Voulez-vous quelque chose ?

— Je voudrais voir le gouverneur*.

Le gardien sort. Dantès le suit des yeux, tend les mains. La porte se referme. Alors, il se met à pleurer. Il se demande ce qu'il a pu faire de si mal pour être puni si durement, puis il se laisse tomber à terre et demande à Dieu de l'aider.

Le jour passe. Il mange un peu de pain et il boit un peu d'eau. Il tourne autour de sa prison comme un animal prisonnier.

La même pensée lui revient à l'esprit pendant des heures : dix fois, entre Marseille et le château d'If, il pouvait se jeter à la mer, disparaître sous l'eau, se cacher, attendre une barque ou un bateau, fuir* en Italie ou en Espagne. De là, il écrivait alors à Mercédès et à son père de venir le retrouver. Il parle très bien italien ou espagnol. Ils pouvaient tous trois vivre dans un de ces pays... Mais il a cru Villefort et il est prisonnier au château d'If ! Il n'a pas de nouvelles de son père, de Mercédès. Il croit devenir fou. Il se roule sur la paille de son lit.

Le lendemain, à la même heure, le gardien entre. Il demande :

— Etes-vous plus tranquille, aujourd'hui ?

Dantès ne répond pas. L'homme reprend :

— Ayez donc un peu de courage ! Qu'est-ce que je peux faire pour vous ? Dites.

— Je veux parler au gouverneur.

— Vous savez bien que c'est impossible.

— Pourquoi est-ce impossible ?

— C'est comme ça. Un prisonnier ne peut pas

**40**

demander à voir le gouverneur. Si vous répétez toujours la même chose, je ne vous apporterai plus à manger.

— Eh bien, dit Dantès, si tu ne m'apportes plus à manger, je mourrai de faim, voilà tout.

L'homme comprend que Dantès serait heureux de mourir, mais il gagne quelques centimes par jour par prisonnier et ne veut pas que Dantès se tue. Il reprend d'une voix plus douce :

— Croyez-moi. Jamais le gouverneur n'est venu dans la chambre d'un prisonnier. Restez tranquille et on vous permettra de vous promener. Alors, il est possible qu'un jour le gouverneur passe près de vous. A ce moment, parlez-lui. Il vous répondra peut-être.

— Mais, dit Dantès, combien de temps devrais-je attendre avant de le rencontrer ?

— Ah ! dit le gardien, un mois, trois mois, six mois, un an.

— C'est trop long, dit Dantès. Je veux le voir tout de suite.

— Restez tranquille ou avant quinze jours vous serez fou. Nous avons eu un exemple ici dans cette chambre. Pour être libre, un abbé* offrait tous les jours un million.

— Depuis combien de temps ce prisonnier a-t-il quitté cette chambre ?

— Depuis deux ans.

— Il est libre ?

— Non, on l'a enfermé plus bas qu'ici, sous terre.

— Ecoute, dit Dantès, je ne suis pas un abbé,

je deviendrai peut-être fou, mais je ne le suis pas encore. Je n'ai pas de millions, mais je te donnerai cent francs pour porter deux lignes seulement à une jeune fille, Mercédès, à Marseille.

— Si je faisais cela et si on l'apprenait, je perdrais ma place qui est de cinq cents francs par mois. C'est moi qui serais fou.

— Ecoute bien, dit Dantès. Tu préviendras Mercédès que je suis ici ou bien, un jour, je t'attendrai derrière la porte et, au moment où tu entreras, je te casserai la tête avec ce banc.

— Oh ! vous êtes en train de devenir fou.
L'abbé a commencé comme vous.

Dantès prend le banc et le fait tourner au-
dessus de sa tête.

— C'est bien ! C'est bien ! dit le gardien. Je
vais prévenir le gouverneur.

Il sort, et un moment après rentre avec quatre
soldats.

— Par ordre du gouverneur, leur dit-il, des-
cendez le prisonnier à l'étage au-dessous de
celui-ci.

— Dans une chambre sous terre, comme l'abbé ?

— Oui. Il faut mettre les fous avec les fous.

Les quatre soldats prennent Dantès par les bras. On lui fait descendre un étage et on ouvre la porte d'un sombre cachot*. On le pousse. Il entre.

La porte se referme. Dantès marche droit devant lui, les mains tendues jusqu'à ce qu'il touche un mur. Alors, il s'assoit à terre et regarde. Ses yeux s'habituent peu à peu au noir... Le gardien a raison. Dantès est presque devenu fou.


## MONSIEUR MORREL


Pendant ce temps-là, la pauvre Mercédès est rentrée chez elle. Elle s'est jetée sur son lit en pleurant. Devant ce lit, Fernand qui l'a suivie s'est mis à genoux. Il a pris la main froide de la jeune fille et l'a embrassée. Celle-ci ne s'en est même pas aperçue.

La nuit est venue. La lampe s'est éteinte quand il n'y a plus eu d'huile.

Le jour se lève... Mercédès ne remue toujours pas. Enfin, elle se retourne et voit Fernand :

— Ah ! vous êtes là, dit-elle.

— Depuis hier soir, je ne vous ai pas quittée.

M. Morrel, lui, essaie de savoir ce que Dantès est devenu. Tôt le matin, il va voir ses amis à la mairie. Mais déjà le bruit court qu'un de ses employés a été arrêté, parce qu'il était un agent de Napoléon. Tout le monde a peur de parler. M. Morrel ne peut rien apprendre.

Caderousse s'enferme avec deux bouteilles de vin et se trouve bientôt devant un verre vide.

Danglars est le seul homme heureux. M. Morrel, qui cherche un capitaine pour *Le Pharaon,* lui a promis la place jusqu'au retour de Dantès. Il dort tranquillement.

Quelques jours passent. Napoléon* revient de l'île d'Elbe et gouverne de nouveau. M. Morrel essaie alors d'aider Dantès. Il retourne voir Villefort qui a été oublié à son ancien poste.

— Que voulez-vous, monsieur ? lui demande le juge.

— Je viens vous parler d'un jeune homme que vous avez fait arrêter parce qu'il servait l'empereur. L'empereur est revenu. Il n'y a plus de raison de le laisser en prison.

— Le nom de ce jeune homme ?

— Edmond Dantès. Je vous ai déjà parlé de lui.

— Dantès, répète Villefort. Etes-vous sûr ? Dantès, dites-vous ?

— Oui, monsieur.

Villefort prend un gros livre devant lui et fait semblant de chercher :

— Ah ! je me rappelle, dit-il au bout d'un moment. On m'avait donné l'ordre de l'arrêter. Vous savez qu'alors, malheureusement, l'empereur était encore à l'île d'Elbe... Huit jours après son arrestation, votre ami a été enlevé.

— Enlevé ! s'écrie Morrel. Mais qu'est-ce qu'on a pu faire du pauvre garçon ?

— Oh ! Il aura été emmené dans une autre prison, à Fenestrelle ou à Pignerol en Italie. Vous le verrez bientôt revenir.

— Il y a déjà trop longtemps qu'il nous a quittés.

— Que voulez-vous ? L'ordre de l'arrêter venait de Paris. L'ordre de mise en liberté doit venir, lui aussi, de Paris.

— Que me conseillez-vous de faire ?

— Ecrivez au gouvernement.

— On reçoit, à Paris, deux cents lettres par jour. On en lit quatre.

— Pas si un agent du gouvernement comme moi envoie votre lettre.

— Vraiment ! Vous l'enverriez ?

— Avec le plus grand plaisir. Dantès a peut-être eu tort de s'arrêter à l'île d'Elbe. Mais la faute d'hier est le bien d'aujourd'hui. L'empereur n'est plus prisonnier. Il est de nouveau à Paris.

— Comment écrit-on au gouvernement ?

— Mettez-vous là et écrivez. Si vous avez besoin d'un conseil, demandez-le moi, je vous répondrai.

— Vous êtes trop bon.

— Ne perdons pas de temps. Nous en avons déjà trop perdu.

Villefort pense de nouveau, avec tristesse, qu'un jeune homme va peut-être passer toute sa vie en prison dans son intérêt à lui, un juge. Mais il ne s'arrête pas longtemps à cette pensée. Il regarde Morrel.

Celui-ci écrit que Dantès a travaillé au retour de l'empereur de l'île d'Elbe, qu'il ne doit pas être puni, mais remercié. Une lettre pareille doit sauver le jeune homme si elle arrive au gouvernement de Napoléon. Elle doit le perdre pour toujours si le roi revient.

— J'enverrai votre lettre aujourd'hui même, dit Villefort à M. Morrel, et j'écrirai moi aussi pour demander la liberté de votre ami.

Villefort n'envoie pas la lettre. Il attend. Quand Napoléon est chassé de France et quand le roi Louis XVIII gouverne de nouveau, il écrit alors en rouge sur ce papier : 27 *février* 1815. *Edmond Dantès : homme très dangereux. A aidé au retour de Napoléon de l'île d'Elbe. On ne doit le laisser parler à personne.* Puis il envoie la lettre au gouverneur du château d'If...

Danglars, qui a eu peur d'un retour de Dantès, a quitté la maison Morrel et a trouvé une place à Madrid, dans une maison de commerce.

Fernand s'est occupé de Mercédès comme d'une sœur et, quand il est parti pour la guerre*, celle-ci lui a dit :

— Mon frère, mon seul ami, ne vous faites pas tuer.. Ne me laissez pas seule, dans ce monde où je pleurerai toujours.

Le vieux Dantès, cinq mois, jour pour jour, après l'arrestation de son fils, meurt dans les bras de Mercédès. M. Morrel paie toutes les dettes* que le vieil homme a laissées. On dit, de lui, que s'il aide le père d'un homme dangereux, c'est qu'il est un ami de Napoléon, un ennemi du roi. Plus personne n'ose le recevoir. Il commence à faire de moins bonnes affaires.

## COLERE ET FOLIE

Des mois passent. Dantès est toujours dans son cachot. Il n'entend et ne voit que son gardien. Mais un jour, enfin, il comprend que quelque chose va arriver. Des pas lourds et nombreux sonnent, en haut, dans le monde des vivants : c'est le nouvel inspecteur* des prisons qui vient demander aux prisonniers s'ils ont des raisons de se plaindre.

Les pas approchent. Dantès entend un homme dire :

— Il fait bien humide. Je me demande qui peut vivre longtemps ici ?

— Le premier prisonnier est un homme très dangereux, répond une autre voix, celle du gouverneur de la prison. Nous avons reçu l'ordre de

48

ne le laisser parler à personne. Il a travaillé au retour de Napoléon de l'île d'Elbe.

— Depuis combien de temps est-il au château d'If ?

— Depuis un an à peu près.

— Et il a été mis au cachot tout de suite ?

— Après quelques jours seulement. Il a voulu tuer le gardien qui lui apportait à manger. Tenez ! celui qui nous éclaire. N'est-ce pas vrai, Antoine ? demande le gouverneur.

— C'est vrai, monsieur.

— Et dans un an, il faudra l'attacher. Il ne saura plus ce qu'il fera.

— Tant mieux pour lui, dit l'inspecteur. Il sera moins malheureux.

— Vous avez raison, monsieur... En dessous de ce cachot, à une dizaine de mètres plus bas, nous avons un vieil abbé. Il est ici depuis 1811 et il a commencé à devenir fou, il y a trois ans, en 1813. Au début, il pleurait, maintenant il rit. Il maigrissait, il devient gras. Voulez-vous le voir aussi ?

— Je les verrai tous les deux.

L'inspecteur se fait ouvrir d'abord la prison de Dantès. Celui-ci, qui a entendu tout ce qui vient d'être dit, comprend qu'il a devant lui quelqu'un de très important. Il demande d'une voix douce :

— Puis-je parler ?

— Oui. Qu'avez-vous à demander ?

— Je voudrais savoir ce que j'ai fait de mal. Si j'ai fait du mal, je demande à être jugé, puis condamné ou mis en liberté.

— Etes-vous bien nourri* ?

— Je le crois. Je n'en sais rien. Ce n'est pas important... Vous ne pouvez pas savoir ce que c'est que d'être en prison pour un homme jeune, comme moi, qui allait se marier à une jeune fille aimée. Attendre, ne pas savoir, ne pas être sûr, c'est terrible !

— Quel est le juge qui a donné l'ordre de vous emprisonner ?

— Monsieur de Villefort.

— Avait-il des raisons d'être votre ennemi ?

— Aucune. Il s'est même montré très bon pour moi.

— Alors je devrai croire ce qu'il a écrit sur vous ?

— Certainement.

— Je verrai.

Il sort en disant au gouverneur :

— Ce pauvre garçon fait de la peine.

— Je vous répète que c'est un homme dangereux. Monsieur de Villefort lui-même l'a écrit.

— Je lirai... Passons maintenant au suivant, un abbé, dites-vous ?

— Oui, l'abbé Faria. C'est un fou lui aussi. Il y a cinq ans, il offrait au gouvernement un million pour être mis en liberté ; la deuxième année, deux, la troisième, trois. Cette année, il doit être à cinq millions.

Dans son cachot, un homme couvert de chiffons est en train de dessiner des lignes sur le sol. Il se lève, s'entoure d'une couverture et dit :

— Je demande à être mis en liberté. J'achète

50

cette liberté si vous voulez. Je peux faire gagner cinq millions au gouvernement.

— Mon cher monsieur, dit l'inspecteur, le gouvernement est riche. Gardez votre argent pour le jour où vous sortirez de prison.

— Je ne suis pas fou, reprend Faria. Emmenez-moi près de mon trésor* et je vous donnerai les cinq millions. Vous me ramènerez ici, si j'ai menti.

— Dites-nous plutôt si vous avez à vous plaindre de quelque chose.

— Ah ! s'écrie l'abbé, vous ne voulez pas me croire et vous ne voulez pas de mon or ? Eh bien ! je le garderai et Dieu saura bien un jour me rendre la liberté. Je n'ai plus rien à dire : sortez.

L'abbé jette sa couverture et recommence à écrire sur le sol comme s'il était seul.

L'inspecteur remonte. Il ne s'occupe pas de Faria, mais de Dantès. Il se fait apporter le livre de la prison. Il lit :

27 *février* 1815. *Edmond Dantès : homme très dangereux. A aidé au retour de Napoléon de l'île d'Elbe. On ne doit le laisser parler à personne.*

— Je ne peux, malheureusement, rien faire pour cet homme, dit simplement l'inspecteur.

## UN BRUIT DANS LE MUR

Quelques jours plus tard, le gouverneur du château d'If est remplacé. Le gardien part avec lui. Le nouveau gouverneur ne se donne pas la peine d'apprendre les noms des prisonniers. Le malheureux jeune homme ne s'appelle plus Edmond Dantès. Il devient le numéro 34.

Dantès demande à ne pas rester seul, à être enfermé avec l'abbé, même si cet homme est vraiment fou. Le nouveau gardien, encore plus muet que l'ancien, ne lui répond même pas.

Des mois, des années passent. Un jour, Dantès veut se tuer. Il se lance contre un mur. Il réussit seulement à se blesser à la tête.

Il décide alors de se laisser mourir de faim. Il jette ses repas. Il le fait d'abord avec plaisir, ensuite avec effort. La faim lui fait croire que le pain noir est bon. Il tient un morceau de mauvais poisson devant lui pendant une heure. Il est encore jeune. Il a peut-être cinquante années à vivre... Non. Il veut mourir. Il jette le poisson et le pain.

Bientôt, il ne voit plus, il entend à peine. Il ne se lève plus. Le gardien le croit sérieusement malade. Mais Dantès se sent bien. Il n'a plus ni faim, ni soif. Des lumières brillantes dansent

devant ses yeux, comme devant ceux des enfants qui rêvent.

Les jours passent. Un soir, vers neuf heures, il croit entendre un bruit sourd dans le mur. Il soulève la tête pour mieux entendre. Le bruit continue. Est-ce un animal qui creuse ? Non. On dirait plutôt des coups donnés avec un instrument...

Alors, c'est quelqu'un qui cherche à fuir ?

Il écoute. Le bruit s'arrête au bout de trois heures. Puis, quelque chose : de la terre, des pierres semblent tomber et Dantès n'entend plus rien.

Quelques heures passent. Le bruit reprend plus fort. Déjà Dantès s'intéresse à ce travail et au travailleur. Il ne se sent plus seul.

Tout à coup, le gardien entre. Dantès ne lui a pas parlé depuis huit jours. Mais, aujourd'hui, l'homme peut entendre le bruit. Dantès fait semblant d'être très malade, d'avoir la fièvre. Il parle, crie. Le gardien pose le plat sur la table et s'en va.

Le bruit continue. Dantès se dit : « Maintenant, j'en suis sûr. C'est un prisonnier qui creuse ».

Un moment plus tard, il pense qu'il est fou, que ce sont des ouvriers qui travaillent. La tête lui fait mal. Il doit recommencer à manger s'il veut comprendre ce qui se passe.

Justement, le gardien, qui le croit très malade, a apporté un peu de soupe chaude. Dantès boit et mange un petit morceau de pain pour commencer. Il sait que s'il mange beaucoup tout de suite, il tombera malade, et il ne veut plus mourir.

Au bout d'un moment, il prend un nouveau morceau de pain, puis un autre. Il se sent mieux. Il frappe alors le mur avec une pierre. « Si c'est un prisonnier, pense-t-il, il prendra peur et s'arrêtera ».

Le bruit s'arrête.

Edmond écoute, le cœur battant. Une heure passe, puis une autre heure. Aucun bruit ne reprend.

Le jeune homme mange de nouveau un peu de pain, boit de l'eau. Ses forces reviennent.

La nuit suivante, le bruit ne recommence pas. Maintenant, Dantès est sûr que c'est un prisonnier qui cherche à fuir. Il écoute toute la nuit. Toujours rien.

Au lever du jour, le gardien apporte un repas. Dantès mange. Puis, il écoute ce bruit qui ne revient pas, plein de peur à l'idée qu'il ne recommencera peut-être jamais. Il marche. Il fait des kilomètres autour de son cachot...

Trois jours passent, soixante-douze heures, comptées minute par minute ! Enfin, un soir, après l'heure du dîner, le bruit reprend, plus faible qu'avant.

Dantès colle son oreille au mur... Il n'y a pas de doute. Quelqu'un creuse dans le mur derrière et en dessous de son lit. Il faut que je travaille de ce côté-ci, décide Dantès. Il pousse son lit et touche le mur. Mais, avec quoi creuser ? Le pot à eau ? Dantès le jette à terre. Il casse. Le jeune homme se met au travail avec les morceaux. Ils s'usent contre la pierre. Il remet le lit à sa place et attend le jour.

Toute la nuit, il écoute et entend le prisonnier travailler de son côté... Le jour vient. Le gardien entre. Dantès lui dit qu'en buvant il a cassé le pot à eau. L'homme en apporte un neuf et n'enlève même pas les morceaux de l'ancien.

Quand le bruit des pas s'est éloigné, Dantès tire de nouveau son lit et se remet au travail. Le mur tombe, par petits morceaux, autour de la pierre. «En deux années, pense-t-il, je devrais creuser un couloir de soixante-cinq centimètres de large et de sept mètres de long. Ah ! si j'avais commencé il y a six ans !»

Il lui faut trois jours pour nettoyer tout le tour d'une pierre et les morceaux du pot cassent les uns après les autres. Dantès se demande s'il ne va pas être obligé de s'arrêter. Que fera son voisin s'il ne l'entend plus ? Une idée lui vient. Le gardien apporte tous les jours la soupe dans une casserole en fer. Le soir, Dantès pose son assiette en terre entre la porte et la table. Le gardien, en entrant, met le pied sur l'assiette qui casse. Cette fois, il n'a rien à dire à Dantès : celui-ci a eu le tort de laisser son assiette devant la porte, c'est vrai ; mais lui, le gardien, aurait dû regarder où il posait le pied.

— Laissez votre casserole, dit Dantès. Vous la reprendrez en m'apportant, demain, mon déjeuner.

L'homme pense qu'il n'aura pas besoin ainsi de

monter, de redescendre et de remonter encore. Il laisse la casserole.

Dantès mange rapidement sa soupe. Puis, il attend d'être sûr que le gardien ne reviendra pas, déplace son lit, prend la casserole, essaie de remuer la pierre. Au bout d'une heure, elle est tirée du mur. De la terre et des morceaux de pierre tombent. Dantès les ramasse avec soin, et les enterre dans un des coins du cachot... Il continue à creuser.

Avant le lever du jour, il replace la pierre dans son trou, repousse son lit contre le mur et se couche. Le gardien entre et pose le morceau de pain du déjeuner sur la table.

— Eh bien, vous ne m'apportez pas une autre assiette ? demande Dantès.

— Non, dit l'homme. On vous laisse la casserole. Celle-là vous ne pourrez pas la casser.

Dantès remercie Dieu.

Toute la journée, il travaille et enlève deux assiettes à soupe environ de morceaux de pierre et de terre.

Le gardien lui donne sa soupe le soir sans plus parler de la casserole. Dantès mange, puis il écoute. Tout est silencieux. Son voisin a peur. « S'il ne vient pas à moi, j'irai à lui », décide Dantès.

## LE SOUTERRAIN*

Edmond travaille deux ou trois heures. Tout d'un coup, le fer de la casserole ne mord plus dans la terre. Un morceau de bois a été pris dans le mur. Impossible de passer. Il faut creuser dessus ou dessous.

— Oh ! mon Dieu, mon Dieu ! s'écrie-t-il à haute voix. J'espérais que vous m'aviez entendu. Mon Dieu ! ne me laissez pas mourir. Laissez-moi espérer.

— Qui parle de Dieu et d'espérer ? dit une voix qui semble venir de plus bas et qui est pareille à celle d'un mort.

Edmond recule sur les genoux.

— Ah ! dit-il, j'entends un homme.

Il y a quatre ou cinq ans qu'il n'a entendu parler que son gardien et, pour le prisonnier, le gardien

n'est pas un homme : c'est une porte vivante ajou-
tée à la porte du cachot.

— Au nom de Dieu* ! s'écrie Dantès, vous qui
avez parlé, parlez encore. Qui êtes-vous ?

— Qui êtes-vous vous-même ? demande la voix.

— Un malheureux prisonnier.

— De quel pays ?

— Français.

— Votre nom ?

— Edmond Dantès.

— Depuis combien de temps êtes-vous ici ?

— Depuis le 25 février 1815.

— Qu'avez-vous fait ?

— Rien. On dit que j'ai voulu aider l'empereur
à rentrer en France.

— Comment ? Napoléon n'est plus à Paris ?

— Non. Mais vous-même, depuis combien de
temps êtes-vous ici ?

— Depuis 1811.

Grand Dieu ! Cet homme a quatre ans de prison
de plus que lui.

— Dites-moi maintenant, reprend la voix, à quel
endroit vous creusez ?

— Derrière mon lit.

— Votre lit a été changé de place depuis que
vous êtes en prison ?

— Jamais.

— Sur quoi donne votre chambre ?

— Sur le couloir en dessous de la cour.

— Malheur ! dit la voix. Je me suis trompé. J'ai
pris le mur que vous creusez pour celui du château sur la mer.

— Et si vous ne vous étiez pas trompé, qu'auriez-vous fait ?

— Je me jetais à la mer. Je reprenais pied sur une des îles qui entourent le château d'If : l'île de Daume ou l'île de Tiboulen, ou encore sur la côte, et alors j'étais libre.

— Auriez-vous pu nager jusque-là ?

— Dieu m'en aurait donné la force. Mais, maintenant, tout est perdu.

— Tout ?

— Oui. Refermez le trou. Ne travaillez plus. Ne vous occupez de rien et attendez de mes nouvelles.

— Qui êtes-vous au moins ?... dites-moi qui vous êtes ?

— Je suis... je suis... le n° 27.

— Avez-vous peur de moi ?

Edmond croit entendre un : oui. Alors, il s'écrie :

— Je me ferai tuer plutôt que de parler de vous. Au nom de Dieu, ne me laissez pas seul. J'ai besoin de votre voix ou je vais me casser la tête contre le mur. Je n'ai plus de courage.

— Quel âge avez-vous ? Votre voix semble celle d'un jeune homme.

— Je ne sais plus mon âge. Je n'ai pas mesuré le temps depuis que je suis ici. J'allais avoir dix-neuf ans quand j'ai été arrêté le 25 février 1815.

— Pas tout à fait vingt-six ans, fait la voix. On est encore quelquefois bon à cet âge... Vous avez bien fait de me parler. J'allais vous quitter. Mais vous avez seulement vingt-six ans !...

— Vous ne me laisserez pas seul ? Vous viendrez à moi ? Ou vous me permettrez d'aller à vous ? Nous fuirons ensemble, et, si nous ne pouvons pas fuir, nous parlerons des gens que nous aimons. Vous devez aimer quelqu'un ?

— Je suis seul au monde.

— Alors, vous m'aimerez, moi. Si vous êtes jeune, je serai votre camarade. Si vous êtes vieux, je serai votre fils. J'ai un père qui doit avoir soixante-dix ans, s'il vit encore. Je n'aimais que lui et une jeune fille qu'on appelait Mercédès. Mon père ne m'a pas oublié, j'en suis sûr ; mais elle ? Dieu seul sait si elle pense encore à moi. Je vous aimerai comme j'aimais mon père.

— C'est bien, dit le prisonnier. Je viendrai demain.

Dantès est heureux. Il ne va plus être seul. Peut-être même il sera libre ? S'il reste prisonnier, il aura un camarade !... Toute la journée, il va et vient dans son cachot. Son cœur bat si fort qu'il doit s'asseoir de temps en temps sur son lit.

Et si on lui enlevait son ami ?... Il croit qu'il tuerait le gardien. On le condamnerait à mort ? Mieux vaut mourir que vivre seul.

Le soir, Dantès se couche. Sur son lit, il lui semble qu'il garde mieux le souterrain. Il regarde le gardien avec attention quand l'homme entre. Celui-ci remarque son regard et lui demande :

— Allez-vous redevenir fou ?

Dantès ne répond rien. Le gardien s'en va.

La nuit vient. Dantès écoute, attend. Aucun bruit n'arrive jusqu'à lui. Mais, le lendemain, après le passage du gardien, il est couché derrière son lit, l'oreille collée au mur, quand il entend frapper trois coups.

— Est-ce vous ? dit-il. Me voilà !

— Le gardien est-il parti ? demande la voix.

— Oui, répond Dantès, il ne reviendra que ce soir. Nous avons douze heures.

— Je peux donc travailler ?

— Oh ! oui, tout de suite...

A ce moment, à l'intérieur du trou, à l'endroit où Dantès posait ses deux mains, la terre semble s'ouvrir. Des pierres tombent. Du fond de ce trou, une tête et des épaules sortent. Puis, un homme entre dans le cachot.


## L'ABBE FARIA


Dantès prend dans ses bras ce nouvel ami, si longtemps attendu. Il le conduit au-dessous de l'étroite et haute fenêtre d'où tombe un peu de jour.

C'est un homme petit, aux cheveux blanchis par la peine plutôt que par l'âge, à l'œil intelligent, au visage maigre, à la barbe encore noire qui descend sur sa poitrine. Ses vêtements ne sont plus que des chiffons. Il paraît avoir soixante-cinq ans, peut-être moins. Il écoute avec plaisir les mots d'amitié de Dantès et il l'en remercie.

— Voyons d'abord, dit-il, comment vous cachez

l'entrée du souterrain... Vous avez bien mal travaillé. Vous n'avez donc pas d'outils.

— Et vous, en avez-vous ?

— Je m'en suis fait quelques-uns.

— Avec quoi ?

— Avec les fers de mon lit. C'est avec ces outils que j'ai creusé les dix-sept mètres de mon chemin.

— Dix-sept mètres ! s'écrie Dantès.

— Parlez plus bas, jeune homme, parlez plus bas. Souvent, il arrive qu'on écoute aux portes des prisonniers. Oui, j'ai creusé dix-sept mètres et je croyais arriver au mur extérieur. Je me suis trompé. Tout est perdu... Mais, peut-être pas. Vous avez, vous, une fenêtre et un peu de lumière. Cette fenêtre donne sur la mer ?

— Oui, mais elle est toute petite, très haute et elle est fermée par trois barreaux* de fer.

— Voyons, et le nouveau venu pousse la table sous la fenêtre. Montez, dit-il.

Dantès obéit, monte sur la table, se place le dos au mur et présente ses deux mains. Le numéro 27 saute sur la table comme un chat, met un pied sur les mains de Dantès, puis monte sur les épaules du jeune homme. Il peut regarder maintenant par la fenêtre.

— Oh ! Oh ! dit-il. C'est bien ce que je pensais.

— Quoi donc ? demande Dantès.

— Le quatrième mur de votre cachot donne sur un chemin extérieur. J'ai vu la tête d'un soldat. Pour fuir, il faudrait tuer un homme, mais cela je ne le ferai pas...

— Maintenant, voulez-vous me dire qui vous êtes, demande Dantès.

— Si cela peut vous intéresser... je suis l'abbé Faria, prisonnier à Fenestrelle depuis 1808, ici depuis 1811... Qui est maintenant roi de France ?

— Louis XVIII. Mais pourquoi êtes-vous enfermé ?

— Parce qu'en 1807, j'ai voulu faire, de toute l'Italie, un seul pays*. Je n'ai pas réussi. Qui réussira, mon Dieu ?

— N'êtes-vous pas, dit Dantès, l'abbé... malade, du château ? On m'a parlé de vous.

— Oui, du fou. On me montrerait aux enfants pour les faire rire, s'il y avait des enfants ici (1).

— Vous semblez avoir perdu courage. Ne pouvez-vous pas recommencer à creuser dans une autre direction ?

— Savez-vous ce que j'ai fait pour parler ainsi de recommencer ? Savez-vous qu'il m'a fallu quatre ans pour faire mes outils ? Savez-vous que depuis deux ans je creuse, que je remue les pierres les plus lourdes que j'ai jamais remuées, que j'ai dû creuser jusqu'à un escalier pour cacher dessous les pierres et la terre que j'enlevais d'un autre côté... Dieu ne veut pas que je sorte d'ici. Il veut que j'y meure. Je ne ferai plus rien pour essayer d'être libre.

L'abbé Faria se laisse tomber sur le lit d'Edmond. Le jeune homme reste debout. Il n'avait

----

(1) « Faire rire des enfants en leur montrant un fou ». Dans certains pays, on ne rit pas des fous.

jamais pensé qu'il était possible de creuser dix-sept mètres sous terre dans un mur, de travailler nuit et jour dans un étroit couloir pendant trois ans... pour arriver au-dessus de la mer, pour être obligé de s'y jeter de trente mètres de haut (après avoir reçu peut-être un coup de fusil) et pour nager quatre kilomètres. Non, cela ne lui paraissait pas possible, à lui. Mais un vieil homme avait décidé d'essayer, un homme moins fort, moins adroit que lui. Il aurait réussi s'il ne s'était pas trompé de moins d'un centimètre sur un dessin fait avec un doigt sur le sol.

Alors Edmond se dit : « Un autre a creusé dix-sept mètres, j'en creuserai trente. Faria, âgé de plus de soixante ans, a mis trois ans. Moi, âgé de vingt-cinq, j'en mettrai six. Faria, le savant, l'abbé, n'a pas eu peur à l'idée de nager quatre kilomètres ? Moi, Dantès, l'ancien matelot, le nageur connu de tout Marseille, aurai-je peur de nager quatre kilomètres ? Tout ce qu'un autre a fait ou aurait pu faire, je le ferai ! »

— J'ai trouvé ce que vous cherchiez, dit-il enfin.

— Non, répond Faria. Je sais ce que vous pensez et je vous l'ai déjà dit : je ne tuerai jamais un soldat pour fuir. Vous-même, vous n'avez pas voulu tuer votre gardien pour essayer de prendre ses clefs.

— J'y ai pensé.

— Mais vous ne l'avez pas fait... Croyez-moi ; le mieux est maintenant d'attendre notre chance.

— Attendre ?

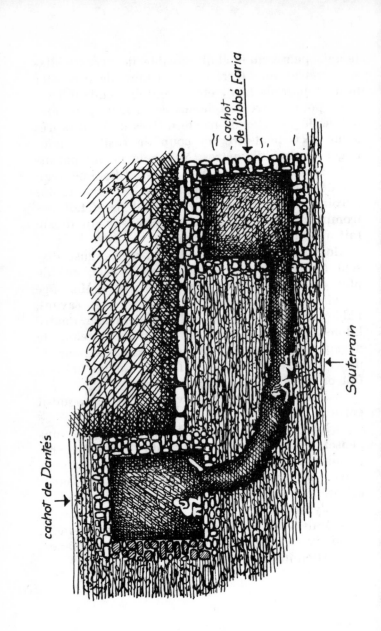

— Oui, en travaillant, en écrivant.

— Vous avez du papier, des plumes, de l'encre ?

— Non, mais j'en fais.

— Vous, vous faites du papier, des plumes, de l'encre ?

— Mais oui, et je vous montrerai comment. J'ai écrit un gros livre sur mes deux seules chemises.

— Vous avez des livres ?

— J'ai relu dans ma pauvre tête tous les grands livres du monde.

— Vous savez donc plusieurs langues ?

— Je parle l'allemand, le français, l'italien, l'anglais, l'espagnol..., le grec et le latin aussi, bien sûr.

— Mais les plumes ? Comment les faites-vous ?

— Avec des os de têtes de poissons.

— Mais l'encre ?

— Avec la fumée d'un feu allumé autrefois dans mon cachot et le vin qu'on me donne le dimanche. Quelquefois, je me pique les doigts et j'écris avec mon sang.

— Et quand pourrai-je voir tout cela ? demande Dantès.

— Quand vous voudrez, répond Faria.

— Oh ! tout de suite !

— Suivez-moi donc, dit l'abbé.

Il entre dans le mur, Dantès le suit.

## LA CHAMBRE DE L'ABBE

Dans son cachot, Faria montre à Edmond son livre sur l'*Histoire de l'Italie,* les plumes, l'encre. Il lui montre un couteau, une lampe pour travailler la nuit, qu'il a faits lui-même.

— Mais comment avez-vous de l'huile ?

— On nous donne de la viande une fois par semaine. Il y a quelquefois de la graisse.

— Et comment l'allumez-vous ? Avez-vous du feu ?

— J'en fais avec ces deux pierres... Tenez ! J'ai bien d'autres choses à vous montrer. Venez ici : je ne cache pas toutes mes affaires au même endroit.

L'abbé tire une pierre du mur : du trou ouvert, il sort une échelle de corde longue de dix mètres.

— Où avez-vous pris la corde nécessaire, demande Dantès.

— De mes draps. Pendant trois ans, à Fenestrelle, j'ai enlevé chaque jour un peu de fil. Ici, j'ai continué.

Dantès regarde l'échelle. Tout à coup, une idée lui vient : cet homme, si intelligent, pourrait peut-être lui expliquer ce qu'il n'a jamais compris, pourquoi il est prisonnier.

— A quoi pensez-vous ? demande l'abbé.

Dantès raconte ses voyages, puis la mort du capitaine Leclère, l'ordre donné d'aller à l'île d'Elbe, la lettre remise par Napoléon et adressée à un M. Nortier, son emprisonnement au château d'If.

— A qui cet emprisonnement pouvait-il servir ?

— A personne, j'étais si peu de chose.

— Non, on occupe toujours une place et quelqu'un peut en avoir envie. Vous alliez être nommé capitaine du *Pharaon* ?

— Oui.

— Vous alliez vous marier avec une belle jeune fille ?

— Oui.

— Alors, cherchez et vous trouverez.

Danglars est vite trouvé, Fernand aussi. Pour Villefort, c'est un peu plus long et plus difficile, mais l'abbé a connu un Noirtier de Villefort, en Italie.

— Vous avez eu affaire au fils, dit-il, et la lettre était pour le père. C'est clair. Le fils vous a fait enfermer, pour être sûr que vous ne parleriez pas.

Edmond revoit le visage blanc du juge en lisant le nom de Noirtier. Il comprend et pleure comme un enfant... Pendant plusieurs jours, il reste seul, puis un soir il va voir l'abbé.

— Vous devriez m'apprendre un peu de ce que vous savez, lui dit-il. Si je reste comme je suis, vous vous fatiguerez de me parler et de me voir.

— Les hommes savent peu de choses, répond

l'abbé. En deux ans, vous saurez tout ce que je sais.

— Deux ans ! dit Dantès, vous croyez que je pourrai apprendre toutes ces choses en deux ans.

— Les grandes idées, oui. Et puis, en même temps, je vous apprendrai des langues. Vous savez déjà le français.

— Assez bien l'italien et un peu d'espagnol.

— Alors, ce sera facile. Mais promettez-moi de ne plus me parler de fuir.

— Je vous le promets.

L'abbé fait travailler Dantès. Le jeune homme se montre intelligent. Il apprend vite et bien. Au bout d'un an, c'est déjà un autre homme.

Mais alors, l'abbé Faria commence à changer. Il devient triste. Il rêve tout éveillé et, par moment, il se lève et se promène autour de son cachot sans plus faire attention à Edmond.

Un jour, il s'écrie :

— Ah ! s'il n'y avait pas toujours un soldat de garde là-haut !

— Il n'y en aura pas si vous me laissez faire.

— Je ne veux pas qu'on tue.

— Mais, si nous ne faisons que nous défendre ?

— Non.

— Vous pensez quand même à essayer de fuir.

— Jour et nuit.

— Et vous avez trouvé un moyen, n'est-ce pas ? dit Dantès.

— Non.

Et l'abbé refuse de répondre à de nouvelles questions.

Trois mois passent.

L'abbé demande un jour à Dantès :

— Promettez-moi de ne tuer le soldat que si vous ne pouvez pas faire autrement ?

— Oui.

— Alors, creusons de nouveau.

— Et combien nous faudra-t-il de temps ?

— Un an.

— Quand nous mettons-nous au travail ?

— Tout de suite.

— Oh ! nous avons perdu un an, s'écrie Dantès.

— Trouvez-vous que nous l'avons perdu ? dit l'abbé en souriant.

— Oh ! pardon, pardon.

— Chut ! l'homme n'est jamais qu'un homme et vous êtes encore un des meilleurs.

Les deux hommes se mettent au travail. Ils posent la nuit sur une de leurs fenêtres la terre qu'ils tirent du mur. Le vent l'emporte avant le jour.

Plus d'un an passe à ce travail.

Tout en travaillant, Faria continue à apprendre à Dantès tout le savoir des hommes. Il lui parle anglais, allemand ou italien. Homme du monde, il apprend à Dantès la politesse.

## LA MALADIE

Au bout de quinze mois, le couloir est creusé.
Les deux hommes entendent passer et repasser
le soldat de garde au-dessus d'eux. A la première
nuit noire et sans lune, ils enlèveront une large
pierre et l'homme tombera dans leurs bras. En
attendant, Dantès place en dessous de la pierre
un gros morceau de bois trouvé dans un mur. Au
moment où il finit ce travail, il entend l'abbé
pousser un cri. Il rentre dans son cachot et trouve
Faria, debout au milieu de la chambre, les lèvres
blanches et les mains tremblantes.

— Mais qu'y a-t-il donc ? s'écrie Edmond.

— Je suis perdu ! dit l'abbé. Ecoutez-moi. Je
vais être pris d'un mal terrible. Il va venir. Je le
sens. Déjà, j'en ai été frappé en 1806. A ce mal,
il n'y a qu'un remède. Courez vite chez moi. Levez
le pied du lit du côté du mur. Il est creux. Vous
y trouverez une petite bouteille à moitié pleine
d'une sorte d'eau rouge. Apportez-la. Ou plutôt,
non, on pourrait me trouver ici. J'ai encore assez
de force. Aidez-moi à rentrer chez moi.

Dantès descend son malheureux ami par le
passage souterrain et le couche... L'abbé tremble
de tous ses membres comme s'il sortait d'une
eau glacée. Il dit :

— Voici le mal qui vient. Je vais avoir une nouvelle attaque*. Je ne ferai peut-être pas un mouvement. Je ne me plaindrai peut-être pas. Mais je me jetterai peut-être aussi d'un côté, de l'autre. Je crierai. Faites qu'on n'entende pas mes cris. Il ne faut pas qu'on sache que je suis très malade. On me changerait de chambre et nous ne nous reverrions jamais. Quand vous me verrez froid et comme mort, à ce moment-là seulement, desserrez mes dents avec le couteau, faites couler dans ma bouche huit à neuf gouttes du remède et je reviendrai peut-être...

— Peut-être ? demande Dantès.

— A moi ! à moi ! crie alors l'abbé, je me... je me m...

Le malheureux ne peut pas finir le mot commencé, mais il pousse des cris sourds. Dantès met la main sur sa bouche, le couvre d'une couverture. Au bout de deux heures, tout le corps se tend. Puis l'abbé retombe, comme mort.

Alors Dantès prend le couteau, passe la lame entre les dents et fait couler dix gouttes du remède.

Une heure passe. Dantès se demande s'il n'a pas attendu trop longtemps. Enfin, un peu de couleur revient sur le visage du malade. Les yeux reprennent leur regard. Faria fait un mouvement.

— Sauvé ! Sauvé ! s'écrie Dantès.

L'abbé ne peut pas encore parler, mais tout d'un coup il a la force de montrer la porte de la main... Dantès écoute et entend les pas du gardien. Il a oublié l'heure ! Il court au souterrain, entre, replace la pierre derrière lui et revient dans son cachot. A ce moment, la porte s'ouvre et le gardien trouve le prisonnier... assis comme d'habitude, sur son lit.

Dantès ne pense même pas à manger. Il retourne voir son vieil ami aussitôt que le gardien est parti. Il soulève la pierre avec sa tête et rentre dans le cachot. L'abbé sourit.

— Je ne pensais plus vous revoir, dit-il.

— Pourquoi cela ? demande le jeune homme. Vous croyiez vraiment que vous alliez mourir ?

— Non, mais tout était prêt et je pensais que vous fuiriez.

— Sans vous ? s'écrie Dantès. Vous croyez vraiment que j'aurais pu faire cela ?

— Maintenant, je vois que vous n'êtes pas un homme comme les autres. Hélas ! je suis bien faible.

— Courage ! vos forces reviendront, dit Dantès s'asseyant près du lit de Faria et lui prenant les mains.

— Non, reprend l'abbé. Elles ne reviendront pas. La dernière fois, j'ai été malade une demi-heure seulement et je me suis relevé seul. Aujourd'hui, je ne peux remuer ni ma jambe, ni mon bras droit. J'ai mal ici, à la tête. La troisième fois, je mourrai.

— Vous serez libre alors.

— Mon ami, pour fuir, il faut pouvoir marcher.

— Eh bien ! nous attendrons huit jours, un mois, deux mois s'il le faut. Quand vous pourrez nager...

— Je ne nagerai plus. Je ne pourrai plus jamais me servir de ce bras. Soulevez-le vous-même et vous verrez ce qu'il pèse. Ne dites rien, je sais. Mon père est mort à la troisième attaque.

— Je vous prendrai sur mes épaules et je nagerai en vous portant.

— Vous ne feriez pas cent mètres... Non, je resterai ici jusqu'à l'heure heureuse de ma mort. Mais vous, fuyez ! Vous êtes jeune, adroit, fort.

— Moi aussi, dit Dantès, je resterai... Je vous le promets.

Le vieil homme tend la main et dit :

— Merci, je vous crois. Commencez par reboucher le couloir creusé vers la mer. Quelqu'un pourrait remarquer quelque chose. Travaillez toute la nuit. Revenez demain. Je sais maintenant que je peux vous parler et j'ai quelque chose à vous dire.

# LE TRESOR

Le lendemain, quand Dantès entre dans le cachot de son ami, l'abbé est en train de regarder un vieux morceau de papier. Il le montre sans rien dire au jeune homme.

— Ce papier, mon ami, dit-il, c'est mon trésor. La moitié est à vous. C'est ce que je voulais vous dire avant de mourir.

Jamais l'abbé n'a parlé à Dantès de son trésor. Jamais Dantès n'a posé de question et il a oublié ce qu'il a entendu dire autrefois. Mais, tout à coup, les paroles du gardien et du gouverneur lui reviennent à l'esprit. Il se dit que la maladie ramène l'abbé à sa folie*. Il ne répond pas.

L'abbé reprend après un silence :

— Je comprends, Edmond, ce que vous pensez. Soyez tranquille. Je sais encore ce que je dis. Personne n'a voulu m'écouter, ni me croire. Mais vous, vous devez savoir que je ne suis pas fou. Vous m'écouterez et vous me croirez.

— Non ! Non ! dit Dantès, attendez demain pour me parler. Aujourd'hui, je veux vous soigner, voilà tout. Et puis, parler d'un trésor, est-ce bien pressé pour nous ?

— Oui, Edmond ! répond le vieillard. Qui sait si demain, après-demain peut-être, je serai en-

76

core là ? Tout serait alors fini. Oui, j'ai souvent pensé avec plaisir que ces richesses seraient perdues pour tous, mais maintenant j'ai pardonné à tous et je suis heureux à l'idée qu'elles vous donneront un peu de bonheur.

Edmond tourne la tête.

— Vous continuez à ne pas me croire. Eh bien, lisez ce papier.

Dantès lit :

Ce jour, le 25 avril 14
avec Alexandre Borgia*,
pas revenir et j'ai ca
Guido Spada dans un endr
dans l'île de Monte-Crist (1)
or, argent, bijoux*, pierre. I
vera dans une grotte*, sous le v
rocher, à partir du sud. Ce tr
peut se monter à deux millio
d'or est enterré* dans la par
haute de la grotte.
                        25 avril 1498, Cés

— Eh bien ? dit Faria.

— Je ne vois là que des lignes, des mots. Le feu a brûlé la moitié droite du papier.

— Pour moi, ces mots ont un sens.

— Silence, dit très vite Dantès... Des pas !... On approche... Je pars...

Heureux de n'être pas obligé d'écouter son ami qu'il croit vraiment redevenu fou, Dantès disparaît.

_____

(1) Voir la carte.

Le gouverneur entre. Il vient prendre des nouvelles du malade. Faria le reçoit assis, sans remuer. Il réussit à cacher sa maladie.

Dantès, dans sa chambre, se pose des questions.

Ne le voyant pas revenir, le malade essaie d'aller jusqu'au jeune homme. Il est si faible qu'il ne peut traverser le couloir. Edmond est obligé d'aller le chercher et de le tirer jusqu'à lui.

— Vous serez obligé de m'écouter et de me croire, dit alors Faria. Voici mon histoire :

« J'étais l'ami du dernier des Spada, la plus ancienne famille de Rome. Il n'était pas riche. Mais les parents de ses grands-parents l'avaient été et on disait encore : riche comme un Spada. Il m'avait chargé de faire travailler son neveu... Mais l'enfant meurt et je reste pour m'occuper de l'oncle. Un jour, il me fait lire la vie d'Alexandre et de César Borgia et j'apprends comment ceux-ci, pour trouver de l'argent, ont mis à mort les deux hommes alors les plus riches de Rome : Jean Rospigliosi et César Spada. Mais s'ils trouvent le trésor du premier, celui des Spada reste caché... Je cherche à mon tour, et ne trouve pas plus que tant d'autres avant moi... Mon ami meurt en 1807. Il me laisse ses papiers de famille, ses cinq mille livres et une petite somme d'argent.

« Quinze jours après sa mort, fatigué par un déjeuner trop lourd, je m'endors, devant un feu, un vieux livre à la main. Il est trois heures de l'après-midi. Je me réveille à six heures. Il fait noir. Je sonne pour qu'on m'apporte une lampe. Personne ne vient. Je cherche un papier pour l'allumer au feu. J'en trouve un dans le livre. Je l'allume... Entre mes doigts, je vois des lettres apparaître* J'éteins aussi vite que je peux. Un tiers du papier seulement manque. C'est celui que vous avez lu ce matin. Relisez-le, Dantès.

L'abbé tend le papier. Dantès le prend, le relit rapidement, mais ne dit rien.

— Regardez ce deuxième papier, reprend l'abbé :

98, *devant dîner*
*j'ai peur de ne*
*ché pour mon neveu*
*oit qu'il connaît*
*o tous mes biens :*
*l les trou-*
*ingtième*
*ésor qui*
*ns de pièces*
*tie la plus*
*ar Spada.*

Dantès lit et ne comprend toujours pas.

— Rapprochez le deuxième papier du premier et lisez maintenant, dit Faria.

Ce jour, le 25 avril 1498, *devant dîner* avec Alexandre Borgia, *j'ai peur de ne* pas revenir et j'ai ca*ché pour mon neveu* Guido Spada dans un endr*oit qu'il connaît* dans l'île de Monte-Cristo *tous mes biens :* or, argent, bijoux, pierres. I*l les trou-* vera dans une grotte, sous le *vingtième* rocher, à partir du sud. Ce tr*ésor qui* peut se monter à deux millio*ns de pièces*

d'or est enterré dans la par*tie la plus*
haute de la grotte.

25 avril 1498, César *Spada.*

— Eh bien, comprenez-vous enfin ? Guido
Spada est mort empoisonné* en même temps que
son oncle César et personne n'a pu retrouver le
trésor.

— Qui a complété* ainsi la lettre ?

— Moi, en retrouvant des papiers de l'an
1500.

— Et qu'avez-vous fait alors ?

— Je suis parti à l'instant même pour l'île de
Monte-Cristo. J'emportais avec moi le commen-
cement de mon grand travail sur l'Italie ; mais
la police m'a arrêté au port de Piombino, et me
voici... Maintenant, continue Faria en regardant
Dantès, comme un père regarde un fils, maintenant, mon ami, vous en savez autant que moi.
Si nous nous sauvons ensemble, la moitié de
mon trésor est à vous. Si je meurs ici et que vous
vous sauviez seul, tout sera à vous.

— Mais combien vaut ce trésor ?

— Vous avez lu comme moi : deux millions de
pièces d'or.

— Impossible !

— Impossible ! et pourquoi ? reprend le vieillard. La famille Spada était en 1498 une des plus
anciennes et des plus riches familles d'Italie.
On a quelquefois retrouvé des trésors presque
aussi importants... Eh bien, Dantès, vous ne me
remerciez pas ?

— Ce trésor est à vous, mon ami, dit Dantès, à vous seul et je ne suis pas votre parent.

— Vous êtes mon fils, Dantès ! s'écrie le vieillard. Vous êtes l'enfant de mes prisons. Dieu vous a envoyé à l'homme qui ne pouvait pas être père, au prisonnier qui ne pouvait pas être libre.

Et Faria tend le bras. Le jeune homme se jette en pleurant contre la poitrine du vieillard.

## LA TROISIEME ATTAQUE

L'abbé Faria est tout heureux à l'idée d'avoir donné son trésor et, chaque jour, il explique à Dantès tout le bien qu'un homme peut faire avec deux millions de pièces d'or. Dantès écoute, mais pense surtout au mal qu'il fera à ses ennemis.

L'abbé ne connaît pas l'île de Monte-Cristo ; mais Dantès est souvent passé devant elle, en allant de la Corse à l'île d'Elbe. C'est un rocher presque rond, haut sur la mer.

Dantès fait des dessins, et Faria donne des conseils sur les moyens de trouver la grotte. Mais, si Dantès est sûr maintenant que l'abbé a toute sa raison, il se demande si le trésor est encore à Monte-Cristo.

A ce moment, un mur est reconstruit le long du château et le couloir creusé par nos amis, et heureusement rebouché, est fermé par de grosses pierres.

— Vous voyez, dit Dantès, je resterai avec vous et, moi aussi, je mourrai en prison. Mon bonheur sera de vous avoir près de moi et de vous écouter le plus longtemps possible.

— Mon fils, reprend Faria, apprenez par cœur la lettre de Spada. Un jour, vous serez libre. N'ayez alors qu'une pensée : aller à Monte-Cristo et trouver le trésor.

Deux années passent encore.

Une nuit, Edmond se réveille. Il croit avoir entendu appeler. Il ouvre les yeux dans le noir et il écoute. Son nom arrive jusqu'à lui. Quelqu'un se plaint.

— Grand Dieu ! s'écrie-t-il, est-ce que ce serait...

Il déplace son lit, traverse le souterrain, entre dans le cachot de l'abbé.

Près de la pierre qui a été soulevée, le vieil homme est assis. Son visage et ses lèvres sont blancs. Ses mains tremblent. Il n'y a pas de doute. Il est de nouveau malade.

— Eh bien, mon ami, dit-il, vous comprenez, n'est-ce pas ?

— A l'aide ! crie Edmond en courant vers la porte.

— Silence ! dit Faria, ou vous êtes perdu. Ne pensons plus qu'à vous. Il vous faudrait des années pour refaire seul ce que j'ai fait ici... Un autre malheureux viendra prendre ma place. Il pourra peut-être vous aider à fuir. Moi, je vous en empêchais... Dieu fait enfin quelque chose pour vous : il vous donne plus qu'il ne vous prend et il est temps que je meure.

— Oh ! mon ami, taisez-vous... Je vous ai déjà sauvé une fois, je vous sauverai encore !

Il soulève le pied du lit et tire le médicament.

— Voyez, reprend-il. Il en reste encore. Vite, dites-moi ce qu'il faut que je fasse, cette fois.

— Le froid monte déjà en moi. Dans cinq minutes, l'attaque, la troisième attaque commencera. N'attendez pas si longtemps que la dernière fois pour me faire prendre les gouttes. Si je ne vais pas mieux, faites-moi boire tout le reste de la bouteille. Maintenant, portez-moi sur mon lit. Je ne peux plus me lever... C'est bien... Merci... Je vois le trésor des Spada. N'oubliez pas... dans la grotte... Je ne suis pas fou... Oh ! la voilà, la mort, elle vient... Votre main, Dantès !...

Le vieil homme pousse encore une plainte, puis des cris. Dantès fait couler dix gouttes dans la bouche du vieillard, puis un quart d'heure plus tard, tout le reste de la bouteille. Quelques minutes passent. Alors Dantès se penche. Il pose la main sur le cœur de son ami. Il ne bat plus. Le vieillard est mort.

Six heures sonnent. Le jour vient. Dantès rentre dans le souterrain, ramène la pierre sur sa tête, rentre chez lui. Il était temps. Le gardien arrive. Du cachot de Dantès, il descend à celui de l'abbé.

Edmond entend des cris, des bruits de pas. Appelés par le gardien, des soldats arrivent.

Dantès va écouter dans le souterrain, sous la pierre.

— Le fou, dit une voix, est allé retrouver ses trésors.

— Avec tous ses millions, dit l'autre, il n'aurait pas de quoi payer son enterrement.

— Oh ! répond un troisième, les enterrements au château d'If ne coûtent pas cher.

— Comme c'est un abbé, reprend la première voix, on le mettra peut-être dans un sac neuf.

Des hommes repartent. D'autres entrent : le médecin sans doute et le gouverneur.

— Il est bien mort, dit la voix d'un des nouveaux arrivés, sans doute celle du médecin.

— Je l'aimais bien, répond le gouverneur. C'était un prisonnier doux, amusant et surtout facile.

— Oh ! fait la voix du gardien, on aurait pu laisser la porte ouverte. Il serait bien resté cinquante ans ici sans jamais essayer de se sauver. Il était un peu médecin lui aussi. Un jour, ma femme était malade. Je lui en ai parlé. Il m'a expliqué comment la soigner. J'ai suivi ses conseils. Elle a guéri.

— Eh bien, fait le gouverneur. Nous le remercierons en lui donnant le sac le plus neuf qu'on pourra trouver.

— Devons-nous le mettre dedans tout de suite ? demande le gardien.

— Oui. Dépêchez-vous.

Puis il ajoute :

— A ce soir !

— Vers quelle heure ? demande le gardien.

— Mais vers dix ou onze heures.

— Quelqu'un devra-t-il rester avec le mort ?

— Pour quoi faire ? Une tempête se prépare. La mer est déjà grosse. On ne peut pas envoyer chercher un autre abbé pour dire les prières*. On fermera le cachot comme si l'abbé était vivant, voilà tout.

Des pas s'éloignent au bout d'un temps qui paraît long à Dantès. Le silence revient. Alors, le jeune homme soulève la pierre avec sa tête. Il jette un regard dans la chambre. La chambre est vide. Il entre.


## LE CIMETIERE DU CHATEAU D'IF


Devant lui, sur le lit, Dantès voit un sac de toile. Faria, le bon Faria qui lui a appris tant de choses est mort. Il ne pourra plus voir son ami, plus l'entendre. Seul, il est de nouveau seul. « Je voudrais mourir moi aussi », pense-t-il d'abord. Mais non ! Dantès ne veut pas mourir.

— Mourir ! oh non ! reprend-il, ce n'est pas la peine d'avoir tant appris, pour mourir maintenant ! Mourir, c'était bon il y a quelques années ; mais maintenant, je veux vivre. Je veux remercier ceux qui ont dû chercher à m'aider, et punir les autres. Hélas ! un jour, peut-être, je sortirai

de ma prison comme Faria... Comme Faria ?...
Mais pourquoi pas à sa place ?... Oui, si seuls les
morts sortent d'ici, prenons la place des morts.

Il se penche sur le sac, le découd* avec le couteau de Faria, sort le mort, l'emporte chez lui, le
couche dans son lit, le coiffe et le couvre de sa
couverture. Il embrasse une dernière fois ce visage aimé, rentre dans l'autre cachot, prend l'ai-
guille, le couteau, le fil, se déshabille, cache ses
habits dans le souterrain, entre dans le sac,
recoud* de l'intérieur, puis attend.

— Quand on m'aura enterré, pense-t-il, je
saurai bien creuser et sortir la nuit venue... Si on
s'aperçoit, avant, que je ne suis pas un mort,
j'ouvrirai le sac d'un coup de couteau, je me
battrai et je me sauverai... Mais le gardien peut
vouloir me regarder dans mon lit ? Bah ! il m'a
vu si souvent couché, j'ai si souvent refusé de
lui parler ! Comme d'habitude, il posera le pain
et la soupe sur la table et s'en ira sans me parler.

A sept heures du soir, aucun bruit ne se fait
entendre. Le gardien ne s'est donc aperçu de rien.

Les heures passent lentement. Enfin, voici des
pas. Des hommes descendent l'escalier, s'arrêtent. La porte s'ouvre. Une lumière paraît. A
travers le sac, Dantès voit deux ombres approcher. Une troisième, à la porte, tient une lumière.
Les deux premières ombres se placent en haut et
en bas du lit. Dantès sent qu'on le soulève*.

— Ah ! dit un des hommes, il est bien lourd
pour un vieil homme maigre !

86

— On dit que chaque année ajoute au poids des os, reprend un autre.

— As-tu préparé la pierre ?

— Je l'ai laissée en haut.

« Pourquoi une pierre ? », se demande Dantès. Les hommes montent un escalier. Tout à coup, l'air frais de la mer lui arrive à travers la toile du sac. Les porteurs font encore une dizaine de mètres, s'arrêtent de nouveau et posent Dantès sur le sol. Un des porteurs s'éloigne.

— Sais-tu que tu n'es pas léger du tout ? dit un des hommes en s'adressant à celui qu'il croit mort.

Dantès prend peur. Il pense ouvrir le sac et fuir. Mais il se dit qu'il doit être dans la cour intérieure de la prison. Il attend.

— Eclaire-moi donc, animal, dit l'homme qui s'est éloigné. Si je ne vois pas clair, je ne trouverai jamais ce que je cherche.

— Que cherche-t-il ? se demande Dantès. Une pioche ?

— Ah ! j'ai trouvé ! s'écrie l'homme.

— Dépêche-toi, dit l'autre. Il fait froid ici.

L'homme revient. Quelque chose de lourd tombe tout près de lui. Dantès sent ses pieds pris par une corde.

— C'est fait ? demande quelqu'un.

— Oui. Et bien fait.

— Alors, en route.

Les deux hommes reprennent le corps. Le troisième, celui qui tenait la lampe, porte quelque chose, tout près de Dantès, quelque chose, qui,

par moments, tire sur la corde autour de ses jambes.

Une porte s'ouvre. Le bruit de la mer frappant des rochers se fait entendre de très près.

— Mauvais temps ! dit un des porteurs, il ne ferait pas bon d'être en mer cette nuit.

— Oui, l'abbé va être mouillé, dit l'autre, et ils rient.

— Bon ! nous voilà arrivés ! reprend le premier.

— Plus loin, plus loin, dit l'autre. Tu sais bien que le dernier mort est resté en route, sur les rochers, et que le gouverneur, le lendemain, n'était pas content.

Les hommes font encore quelques pas, respirent fort, posent quelque chose de très lourd sur le corps de Dantès et se placent à chaque bout du sac, le plus grand d'un côté, les deux autres de l'autre côté.

— Une, crient-ils ensemble.

— Deux.

— Trois !

Dantès se sent lancé en l'air. Il lui semble tomber dans un vide sans fin, tiré par quelque chose de très lourd.

Il entre dans la mer, et le froid de l'eau lui fait pousser un grand cri. Il descend, descend... Une grosse pierre a été attachée à ses pieds.

La mer est le cimetière du château d'If.


## L'ILE DE TIBOULEN


Dantès essaie de ne pas respirer, et, avec son couteau tout prêt dans sa main droite, il ouvre le sac, sort les bras, puis la tête. Mais, sous le poids de la pierre, il continue à descendre dans cette mer profonde. Alors, il cherche la corde autour de ses jambes et la coupe. Il était temps. Il touchait le fond de la mer et ses poumons étaient vides. Il a la force de donner un coup de pied sur le rocher. Il remonte... si lentement !

Arrivé à l'air, il respire, puis sans rien regarder rentre sous l'eau et nage. Il continue le plus longtemps possible. Il remonte. Au-dessus de sa tête, le ciel est noir. Un grand vent chasse des nuages bas. Une tempête se prépare. Derrière lui, plus noir que la mer, plus noir que le ciel, il voit le château d'If. Ses rochers, comme des bras, semblent vouloir le reprendre. Tout en haut, une lampe éclaire trois ombres. Il lui semble que ces ombres se penchent sur la mer. On a sans doute entendu le cri qu'il a poussé. Dantès recommence à nager sous l'eau... La troisième fois où il remonte, les ombres ont disparu.

Il faut qu'il nage jusqu'à une île. A terre, il serait tout de suite repris. Les îles Ratonneau ou Pomègue sont habitées ; l'île de Daume l'est aussi. Les îles les plus sûres sont donc celles de Tiboulen ou de Maire, à quatre kilomètres du château d'If. Dantès nage vers elles.

Une lumière lui apparaît. En allant droit sur elle, il sait qu'il laisserait Tiboulen un peu à gauche. Mais pourra-t-il nager jusque-là ?

Heureusement, il a creusé les murs de sa prison, il a travaillé, il est resté en bonne santé et il se retrouve dans l'eau comme le poisson qu'il était, enfant... Mais la peur ne le quitte pas. Il écoute. Chaque vague lui semble une barque. Alors il nage plus vite et se fatigue.

Il y a maintenant plus d'une heure qu'il a quitté le château d'If. Il pense qu'il n'est plus loin de Tiboulen. Il fait un nouvel effort.

Tout à coup, il lui semble que le ciel devient plus sombre encore, qu'un nuage épais, lourd, vient sur lui. Au même moment, ses genoux rencontrent quelque chose de dur. Il croit qu'il a reçu une balle, qu'il est blessé. Il nage encore et sent un rocher sous sa main. Il est à Tiboulen.

Il se couche sur une pierre. Et il s'endort. Au bout d'une heure, il est réveillé par un coup de tonnerre. Un éclair traverse le ciel, tout près de lui, comme un serpent de feu. Il se cache sous un rocher. L'île tremble sous les coups de la mer.

Il se rappelle alors qu'il n'a pas mangé depuis vingt-quatre heures. Il a faim. Il a soif. Il boit l'eau de la tempête, dans le creux d'un rocher.

Tout à coup, un éclair lui montre un petit bateau de pêcheurs qui s'approche rapidement. Quatre hommes sont à bord. Leurs cris arrivent jusqu'à lui. Dantès crie, lui aussi, pour les prévenir du danger. Trop tard, le bateau a touché les rochers. Les hommes sont roulés par les vagues, écrasés. Ils disparaissent. Dantès court vers les rochers. Il écoute. Il n'entend plus que le bruit de la tempête.

Peu à peu le vent tombe. Le ciel s'éclaire vers l'ouest. Le jour se lève. Il doit être cinq heures du matin.

« Dans deux ou trois heures, se dit Dantès, le gardien entrera dans ma chambre. Cette fois-ci, il voudra me parler. Il touchera le corps de mon ami. Il appellera. On trouvera le souterrain. Les hommes qui m'ont jeté à la mer diront qu'ils ont entendu crier. On me cherchera. On enverra des barques de tous côtés. On tirera le canon*. Tout le monde saura qu'un prisonnier s'est sauvé. Alors, que deviendrai-je ? J'ai faim. J'ai froid. Je n'ai pas d'habit. J'ai même perdu le couteau de Faria. Mon Dieu, venez à mon aide ! »

## LA JEUNE-AMELIE

A ce moment, un bateau paraît derrière l'île Pomègue. Il vient d'un village à côté du port de Marseille. Il avance rapidement.

— Oh ! s'écrie Edmond, je pourrais facilement, en une demi-heure, me placer sur le chemin de ce bateau. Mais que fera-t-on de moi ? Le capitaine me reconduira à Marseille et on m'enfermera de nouveau. Mais, j'y pense, je pourrai dire que j'étais sur la barque de pêcheurs, cette nuit. Personne, hélas ! ne pourra venir raconter que c'est faux. Tous sont morts.

Dans l'eau, devant lui, à côté de planches, il aperçoit un bonnet* de matelot. Il se jette à l'eau, nage vers le bonnet, s'en couvre la tête. Une large planche vient sous sa main gauche. Il s'y appuie* et, nageant de la main droite et des pieds, il essaie de couper la route du bateau vers la mer.

Le bateau, s'il va vers l'Italie, doit passer assez près de l'île. Il se rapproche. Quand Dantès n'est plus qu'à un kilomètre, il se soulève* et tend son bonnet... Mais personne ne le voit du bateau qui s'éloigne.

Dantès veut appeler. Il n'en a plus la force, et, de toute façon, le bateau est trop loin. Il s'appuie plus fort sur la planche. Sans elle, il se laisserait peut-être couler*.

Le bateau revient vers Dantès. Celui-ci fait un dernier effort. Il remue le bonnet au bout du bras et crie. Cette fois-ci, on le voit et on l'entend. Le bateau tourne. Une barque est mise à la mer.

Dantès croit qu'il n'a plus besoin de la planche. Il nage aussi vite qu'il peut vers la barque. Il en est à cinquante mètres quand il se sent tout à coup sans force. Il respire avec peine. Il pousse un cri.

Les hommes l'entendent de la barque. Ils lui crient : « Courage ! » Le mot lui arrive au moment où une grosse vague retombe sur lui. Il coule, puis reparaît. Il pousse un troisième cri. L'eau passe par-dessus sa tête. A travers l'eau, le ciel lui semble noir. Il remonte encore. Cette fois-ci, il ne voit plus rien, mais il sent qu'on le prend par les cheveux.

Quand Dantès rouvre les yeux, il se trouve sur le bateau *La Jeune-Amélie,* qui continue son che-

min. Son premier regard est pour voir quelle direction elle suit : on s'éloigne du château d'If.

Dantès est si faible que son cri de bonheur est pris pour une plainte.

Il est couché. Des hommes l'entourent ; l'un d'eux frotte ses membres avec une couverture de laine. Un autre, celui qui lui a crié : « Courage ! », lui fait boire un peu d'alcool. Un troisième, le patron, lui demande en mauvais français :

— Qui êtes-vous ?

— Je suis né dans l'île de Malte, répond Dantès en mauvais italien... Nous venions de Syracuse. Nous portions un chargement de vin à Marseille. La tempête nous a jetés contre ces rochers, là-bas. Mon capitaine est mort. Tous mes camarades sont noyés. Je reste seul vivant. J'ai aperçu votre bateau. Je me suis jeté à l'eau et j'ai nagé vers vous. J'étais perdu, quand l'un de vos matelots m'a pris par les cheveux.

— C'est vrai, dit l'homme. Il était temps : vous couliez.

— Oui, dit Dantès en lui tendant la main, oui, mon ami, merci.

— Un peu plus, je vous laissais aller. Avec votre barbe et vos longs cheveux, vous avez l'air d'un bien méchant homme.

— Qu'allons-nous faire de vous ? demande le patron.

— Ce que vous voudrez. Je n'ai plus de patron, plus de bateau. J'ai perdu mes habits. Heureusement, je suis bon matelot. Jetez-moi dans le premier port où vous vous arrêterez. Je trouverai du travail.

— Vous connaissez la Méditerranée ? Les bons endroits pour mouiller* ?

— Je peux entrer et sortir des ports les plus difficiles, les yeux fermés.

— Eh bien, patron, dit le matelot qui a crié « courage » à Dantès, si le camarade dit vrai, pourquoi ne pas le garder avec nous ?

— Je ferai plus que je n'ai promis, dit Dantès.

— Oh ! Oh ! dit le patron en riant, nous verrons cela.

— Quand vous voudrez, reprend Dantès en se levant. Où allez-vous ?

— A Livourne.

— Alors ne continuez pas en direction du large. Allez tout droit.

— Nous toucherions l'île de Riou.

— Vous en passerez à plus de trente mètres.

— Montrez-nous donc ce que vous savez faire, dit alors le patron.

Sans perdre une minute, Edmond prend la direction du bateau et le fait passer à trente mètres juste de l'île.

— Très bien ! dit le patron.

— Très bien ! répètent les matelots.

— Vous voyez que je peux vous être utile, dit Dantès. Si vous ne voulez plus de moi, à Livourne, vous me laisserez là, sans me payer, avec seulement les habits que vous me donnerez.

— Le patron vous donnera ce qu'il donne aux

autres. Vous en savez plus que nous, dit le matelot qui a sauvé Dantès.

— Jacopo ! dit le patron, ne perdons plus de temps. Habillez votre nouveau camarade. Donnez-lui du pain et du vin. Il en a sûrement besoin. Et puis, repartons.

On apporte du pain et du vin à Dantès. Il commence à manger, quand un coup de canon est tiré du château d'If.

— Qu'est-ce que ça veut dire ? demande le patron.

— Un prisonnier a dû se sauver cette nuit, dit Dantès et on prévient les bateaux.

Le patron regarde le jeune homme. Il le voit boire tranquillement à la bouteille et dire :

— Voilà du vin qui est fort et qui fait du bien.

Le patron se tait. Il pense :

« Ce qui est sûr, c'est que j'ai trouvé un bon matelot, et puis, j'ai vraiment trop d'armes à bord pour retourner à terre. On pourrait m'arrêter. »

Un peu plus tard, Jacopo vient s'asseoir près de Dantès.

— Quel mois sommes-nous ? demande ce dernier.

— Le 28 février, répond Jacopo.

— De quelle année ?

— Vous avez oublié l'année où nous sommes ?

— Que voulez-vous ! J'ai eu si peur cette nuit, dit en riant Dantès, que je ne sais plus où j'en suis.

— Nous sommes le 28 février 1829.

Il y a quatorze ans que Dantès a été arrêté. Il est entré à dix-neuf ans au château d'If. Il en sort à trente-trois ans.

Il se demande ce que Mercédès a pu devenir. Puis un éclair s'allume dans ses yeux en pensant à Danglars, à Fernand, à Villefort. Il se promet de les retrouver.

Qui pourrait maintenant empêcher *La Jeune-Amélie* d'arriver à Livourne ?


## SUR LA MEDITERRANEE


*La Jeune-Amélie* ne va pas tout de suite en Italie. Elle s'arrête dans plusieurs petits ports et rencontre, au large, d'autres bateaux. Des tissus prennent la place d'armes, des armes celle de tissus. On charge et on décharge aussi du tabac.

Dantès comprend vite le métier de ses nouveaux amis et s'il sait qui est son patron, le patron, lui, ne sait pas qui est son nouveau matelot.

Arrivé à Livourne, Edmond se demande s'il se reconnaîtra lui-même après quatorze ans qu'il ne s'est pas vu. Il entre chez un coiffeur pour faire couper sa barbe et ses longs cheveux.

L'homme le regarde avec étonnement, mais ne pose pas de questions et fait rapidement le travail demandé. Edmond se regarde alors dans une glace. Il était entré au château d'If avec la figure ronde et souriante d'un jeune homme heureux. Il voit, maintenant, devant lui, le visage dur d'un homme de trente-trois ans, qui a beaucoup souffert et qui a beaucoup appris. Son corps est toujours mince, mais il est devenu plus dur, plus lourd. Sa voix a changé.

Il sourit en se voyant. Même son meilleur ami, s'il lui en restait un, ne pourrait pas le reconnaître. Peut-il lui-même se reconnaître ?

Il achète un pantalon, une chemise et un bonnet neufs, puis retourne à bord de *La Jeune-Amélie* et rend les habits qu'on lui a prêtés. Ses camarades le regardent avec étonnement. Ils se demandent s'il est vraiment un simple matelot. Mais le patron, qui est très content de l'avoir rencontré, préfère encore ne pas poser de questions. Il demande à Dantès de rester à son service.

En huit jours, le bateau est déchargé, nettoyé et chargé de nouveau de tissus, de tabac, de vins et d'armes. On part pour la Corse. D'autres bateaux y prendront le chargement et le feront passer en France.

Le lendemain, en montant tôt sur le pont, comme d'habitude, le patron trouve Dantès qui regarde passer, à sa gauche, des rochers gris couverts d'une lumière rose : l'île de Monte-Cristo.

Dantès pense qu'il pourrait sauter à la mer et que, dans une demi-heure, il serait sur cette terre tant espérée. Mais, là que ferait-il ? Sans outils pour trouver le trésor, sans armes pour le

défendre ? Et puis, que diraient les matelots ? Que penserait le patron ? Il faut attendre.

Heureusement, Dantès sait attendre : il a attendu quatorze ans sa liberté. Il peut bien, maintenant qu'il est libre, attendre six mois ou un an la richesse, si cette richesse n'est pas née dans la tête malade du pauvre abbé Faria, si elle n'est pas, elle-même, morte avec lui ?

On se réveille en face d'Aleria. On attend, tout le jour, au large. Le soir, des feux s'allument à terre et *La Jeune-Amélie* s'approche. Des barques viennent à elle, chargent tissus, armes, vins et tabac. Au matin, le bateau est déjà loin et le patron remet à chacun deux mille francs (1). Puis, on part pour la Sardaigne.

Là, *La Jeune-Amélie* fait une mauvaise ren-

_____

(1) Le patron remet deux mille francs à chacun de ses matelots. Patron et matelots de *La Jeune-Amélie* font un commerce défendu (armes, tabac...), un commerce qui est donc dangereux. Leur bateau peut être attaqué, coulé et chaque homme peut être obligé de fuir. On paie donc chaque homme après chaque affaire, chaque vente qui a rapporté de l'argent.

contre. Il y a un tué et deux matelots blessés. Dantès est l'un d'eux. Une balle l'a touché à l'épaule. Quand il le voit tomber, Jacopo le croit mort. Il se jette sur lui, le relève et le soigne en bon camarade.

« Ce monde n'est donc pas si mauvais », pense Dantès. Et si son épaule lui fait mal, il est heureux d'avoir vu froidement un homme tué en face de lui. « J'en verrai bientôt d'autres », se dit-il, en pensant à Villefort, à Fernand, à Danglars.

En attendant de les retrouver, il pense à louer une barque dans quelques semaines, quand il aura gagné un peu d'argent, pour se rendre alors, seul à l'île de Monte-Cristo.

Quelques semaines passent. Dantès se demande toujours ce qu'il doit faire, quand son patron se met d'accord avec un autre commandant de bateau pour se retrouver, deux jours plus tard, à Monte-Cristo. De là, on passera des armes en Corse. D'autres les y prendront pour les revendre en Espagne ou en France.


## L'ILE DE MONTE-CRISTO


Dantès est heureux. Tout naturellement, simplement, il va arriver dans « son » île. La nuit, il ne peut pas dormir. S'il ferme les yeux, il voit le papier de Faria ou bien il descend sous terre par un escalier sans fin.

*La Jeune-Amélie* part pour la Corse. Le patron, qui a compris que Dantès connaissait mieux la mer que lui et, surtout, qu'il donnait des ordres plus clairs aux matelots, a pris l'habitude de le laisser conduire le bateau.

La mer est belle. Le vent est frais. Dantès reste toute la nuit, seul, entre le ciel et l'eau. Au matin, l'île de Monte-Cristo est devant lui, rose dans le ciel bleu.

*La Jeune-Amélie* est la première au rendez-vous. Toute la journée, on attend au large. La nuit vient. On approche de l'île. Dantès saute le premier à terre. La lune se lève à ce moment-là. Elle semble couvrir la mer de diamants.

Dantès demande à Jacopo :

— Où allons-nous passer la nuit ?

— Mais à bord du bateau.

— Ne serions-nous pas mieux dans les grottes ?

— Quelles grottes ?

— Dans les grottes de l'île.

— Je connais bien l'île, dit Jacopo. Il n'y a pas de grottes.

— Il n'y a pas de grottes à Monte-Cristo ?

— Non.

Tout semble tourner devant les yeux de Dantès. Mais il se dit que Spada a pu fermer la dernière grotte.

A ce moment, une lumière s'allume au large et, comme un grand oiseau blanc, le bateau-ami arrive. Tout le reste de la nuit, on décharge, puis on charge des caisses d'armes. Dantès travaille comme tout le monde et quand le lendemain, au lever du jour, il prend un fusil et dit qu'il va tuer une des chèvres qu'on voit sauter sur les rochers, on trouve son idée toute naturelle. Jacopo, seul, demande à le suivre. Dantès n'ose pas refuser ; mais il tue bientôt une chèvre et dit à son ami d'aller la faire cuire auprès de leurs camarades.

— Je la mangerai avec vous à mon retour. En attendant qu'elle soit prête, je vais essayer d'en tuer une autre... Allons ! dépêche-toi. Le patron va vouloir repartir rapidement.

Dantès s'éloigne. Il suit le bord de la mer. Il remarque des trous creusés par des mains d'hommes, dans une vingtaine de rochers. De temps en temps, ces trous disparaissent sous des plantes. Depuis de très longues années, personne n'est certainement passé là.

Si aucune grotte ne s'ouvre devant lui, Edmond remarque une très grosse pierre posée à une certaine hauteur. Il revient alors sur ses pas, en sautant de rochers en rochers.

— Il va tomber et se casser un membre, dit Jacopo qui le regarde venir.

Juste à ce moment, Edmond disparaît en poussant un cri. Les matelots et le patron courent vers lui. Ils le trouvent couché, sans mouvement. On lui fait boire de l'alcool. Il ouvre les yeux et se plaint de la tête et des reins*. On veut le porter à bord. Il répond qu'il a trop mal et qu'il préfère mourir où il est.

— Allez manger, dit-il, puis revenez voir si je vais mieux.

Une heure après, ils reviennent. Ils retrouvent Edmond au même endroit.

— Il a les reins cassés, dit tout bas le patron. Il est perdu. Mais nous ne pouvons pas le laisser là.

Dantès refuse de nouveau d'être touché. Il refuse que le bateau l'attende, même un jour.

— J'ai été maladroit, dit-il au patron. Je suis puni. Laissez-moi une couverture, un peu de pain sec, un fusil pour tuer des chèvres, si je peux me lever, et une pioche pour creuser un trou sous un rocher, s'il se met à pleuvoir.

— Tu mourras de faim.

— J'aime autant mourir de faim que de faire un mouvement. Partez !

— Ce n'est pas possible, dit le patron. Mais nous devons prendre un chargement, près de Marseille, dans deux nuits, il m'est donc impossible d'attendre... après, il serait trop tard... Et ensuite, nous ne pourrons pas être de retour avant huit jours.

— Si vous rencontrez un bateau de pêche, répond Dantès, envoyez-le-moi. Je le paierai pour me ramener à Livourne. Si vous n'en trouvez pas, revenez dans huit jours.

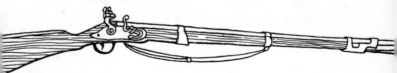

— Moi, je reste avec toi, dit Jacopo.

— Merci, mon ami, répond Dantès. Mais tu as une femme et des enfants et, si tu restais avec moi, tu ne serais pas payé. Je n'ai besoin de personne. Dans deux jours, je serai guéri.

Les hommes partent. Dantès leur dit au revoir de la main. Puis, quand il pense qu'ils sont montés à bord, il s'avance jusqu'à un rocher et regarde partir *La Jeune-Amélie*. Alors, plus léger qu'une chèvre de l'île, il court au rocher rond posé sur du sable et s'écrie en le regardant :

— Et maintenant, à nous deux !

## UNE PLUIE D'ETOILES

Il n'est encore que neuf heures du matin. Des oiseaux chantent. Des insectes courent ou s'envolent sous les pas de Dantès. Les feuilles de petits arbres remuent sous le vent. Au loin, des chèvres sautent. L'île est habitée, vivante. Edmond s'y sent d'abord heureux sous la main de Dieu.

Puis, une sorte de peur monte en lui. Il lui semble que, derrière chaque rocher, des yeux le regardent. Il s'arrête. Il pose sa pioche. Il prend son fusil. Il monte sur le rocher le plus haut de l'île. Il ne voit ni la Corse, à l'ouest, ni la Sardaigne, ni l'île d'Elbe, ni très loin, à l'est, les côtes d'Italie. Il cherche *La Jeune-Amélie*. Elle est déjà en face de Bonifacio. Elle va disparaître. Puis, Edmond regarde l'île. Au-dessous de lui, pas un homme ; autour de lui, pas une barque : rien que la mer qui vient battre les rochers et qui entoure l'île d'une ligne d'argent.

Il marche jusqu'à la très grosse pierre ronde qu'il a remarqué le matin. C'est bien la vingtième, à partir du sud de l'île. La mer est à quelques dizaines de mètres plus bas tout près. On voit du sable entre deux rochers. Un petit bateau a pu entrer là. Spada a dû s'y cacher, décharger son or loin de tous et l'enterrer presque au-dessus, dans une grotte, sous la pierre ronde.

« Mais comment, se demande Dantès, des hommes ont-il pu remuer une pierre presque aussi grosse qu'un rocher qui pèse plusieurs milliers de kilos ?... » Une idée lui vient : « Au lieu de la faire monter, se dit-il, on l'aura fait descendre ». Il croit retrouver plus haut son ancienne place.

Il redescend, prend sa pioche, enlève les herbes qui ont poussé tout autour et creuse. Il trouve de la terre, pas de sable comme partout autour. Il coupe une branche d'arbre et, après bien des efforts, il réussit à enlever quelques pierres. Alors, le grand rocher roule, va s'écraser dans la mer et une pierre plate, travaillée par des mains d'homme, apparaît sous un peu de terre.

Dantès tremble. Un nuage brûlant passe devant ses yeux. Son cœur bat si fort qu'il est obligé de s'asseoir. Au bout de quelques minutes, il se remet au travail, creuse et soulève la pierre : une sorte d'escalier descend dans le sol.

— Si je ne trouve rien, je vais devenir fou, pense Dantès. Il faut donc me dire que Faria a fait un rêve, que Spada n'est jamais venu ici... S'il y est venu, le terrible Borgia l'a suivi et il a descendu cet escalier avant moi... Oui, c'est certain, Borgia est venu, quelque nuit, ici, une lampe à la main. Il n'a rien laissé derrière lui. »

Il reste un moment à regarder le sombre escalier. Puis il continue à haute voix :

— Mais s'il y est venu, il a pris le trésor et Faria dit que le trésor n'a pas été retrouvé... Et puis, il n'aurait pas perdu son temps à replacer le rocher.

Il ramasse des herbes, en fait un paquet, y met le feu et le jette dans le trou ouvert. Des insectes s'envolent. Un grand serpent vert et bleu coule* sur le sable.

Dantès attend encore un moment. Puis, il descend l'escalier. Il ne voit d'abord rien. Mais la grotte n'est pas tout à fait sombre. Une douce lumière passe entre deux rochers. On voit des herbes, quelques feuilles remuer au vent, sur un morceau de ciel.

Le sol est plat. Il n'y a pas de partie plus haute. Dantès fait le tour de la grotte en frappant les rochers. Dans le fond, la pierre lui renvoie un son qu'il reconnaît. « Voilà un mur creux », se dit-il.

Il fait, de nouveau, le tour de la grotte en frappant. Les autres murs lui semblent pleins.

Il revient et frappe plus fort. Des morceaux de pierres et de la terre tombent. L'ancien prisonnier, le travailleur du château d'If, les touche des doigts. Il est maintenant sûr de lui : ce mur a été fait par des hommes. C'est derrière qu'il faut chercher.

Au lieu de trouver, tout de suite, en lui une force nouvelle, il se sent faible. La pioche tombe presque de ses mains. Il la pose sur le sol, s'essuie le front, remonte vers la lumière « pour voir, se dit-il, si personne ne vient ». Il a besoin d'air. Il se sent mal.

Il est maintenant près de midi. L'île brûle sous un soleil de feu. Il n'y a plus de vent. Au loin, très loin, du côté de la Corse, sur la mer bleue, les voiles de petites barques de pêcheurs se tendent.

Dantès n'a encore rien mangé : mais c'est bien long de manger, dans un pareil moment. Il boit un peu de vin et rentre dans la grotte. La pioche, qui lui a semblé si lourde, est redevenue légère. Il la soulève comme une plume et se remet au travail. Les pierres du mur sont seulement posées les unes sur les autres. C'est pour lui un jeu de les faire tomber.

Une nouvelle grotte apparaît au-dessus de la première, mais plus sombre. L'air en est humide, épais. A gauche de Dantès, le sol monte : Voilà la partie haute. L'heure est venue. Il reste deux pieds de sable à creuser, pour savoir...

Dantès avance et frappe le sol. Au cinquième ou sixième coup, le fer de la pioche rencontre quelque chose de dur. Il enlève la terre et voit des planches, une caisse.

A ce moment, une ombre rapide passe devant l'ouverture de la grotte. Dantès prend son fusil et sort : une chèvre le regarde. Il n'ose pas la tuer. Il a peur qu'on entende le coup de fusil.

De nouveau, il se demande : « Et si la caisse était vide ? » Une fois de plus, il attend. Il marche jusqu'au feu allumé par ses camarades, quelques heures plus tôt. Il y allume une branche d'arbre, pour mieux voir... s'il trouve quelque chose.

Il redescend l'escalier, s'approche de la caisse, creuse d'un côté, fait entrer le fer de sa pioche entre deux planches... Il tire. La caisse ne s'ouvre pas... Dantès prend son fusil et le place près de lui... Puis il tire de nouveau sur la pioche. La caisse s'ouvre. Elle est pleine de pierres vertes, bleues, rouges, blanches, de pièces d'or. Dantès ferme les yeux, puis il remplit ses deux mains de pierres. Il les touche, les prend, les fait rouler. Il les laisse retomber, les reprend, les regarde briller entre ses doigts. Enfin, il se lève, sort de la grotte et court comme un fou. Il saute sur un rocher d'où il peut voir très loin : pas un homme sur terre ; pas un bateau au large. Il est bien seul avec l'or et les pierres.

Il revient. Il tombe à genoux devant la caisse et remercie Dieu. Il est enfin sûr que toutes ces richesses sont à lui.

Il essaie, alors, de les compter. Quand il arrive à vingt mille pièces d'or, il est encore seulement au quart de la caisse. Il remplit, alors, dix fois ses deux mains de diamants*...

Le jour baisse. Il a peur qu'on le trouve devant son trésor. Il sort, son fusil à la main. Il mange un morceau de pain sec et boit un peu de vin. Puis, il remet la pierre au-dessus de l'escalier et se couche sur elle. Il dort quelques heures à peine.

Le jour vient. Dantès, les yeux ouverts, l'attend depuis longtemps. Il se lève, monte sur le rocher le plus élevé de l'île et regarde avec attention. Il n'y a toujours personne. Il est toujours seul. Il descend dans la grotte. Il remplit de pierres une de ses poches, replace les planches, les couvre de terre, de sable et d'herbes sèches, sort, remet la pierre à l'entrée de l'escalier, la couvre de sable, efface ses pas et attend le retour de *La Jeune-Amélie*.

Le bateau revient le sixième jour et le ramène à Livourne. Il vend, alors, quatre de ses plus petites pierres, soixante-dix mille francs chacune. L'acheteur est sûr de gagner dix mille francs par pierre. Il ne pose pas de questions.

Le lendemain, Dantès offre un bateau à Jacopo. Il lui remet de l'argent pour payer des matelots et lui dit d'aller à Marseille demander des nouvelles d'un vieil homme, nommé Louis Dantès, et d'une jeune fille, Mercédès.

Dantès dit au revoir à ses amis de *La Jeune-Amélie*. Il leur donne à chacun trente pièces d'or.

— Ne me remerciez pas, leur dit-il. Ce n'est

pas moi qui les ai gagnées, mais un vieil oncle qui ne m'aimait pas et qui voulait m'obliger à travailler. Le pauvre homme vient de mourir. Il m'a laissé quand même son argent.

Le patron et les matelots, qui le trouvaient trop bien élevé pour un simple matelot, le croient.

Dantès part pour Gênes. Là, on lui offre un bateau, petit mais rapide, qu'un Anglais a commandé, mais n'a pas payé. Il l'achète, après avoir donné l'ordre de construire, tout de suite, une armoire sous le lit.

— Je ne veux pas, dit-il, qu'on puisse voir la porte de cette armoire et tout doit être prêt demain matin. Je paierai le prix que vous me demanderez.

— Combien de matelots voulez-vous ? lui demande-t-on.

— Aucun. Je voyage toujours seul.

Le lendemain, Dantès quitte Gênes. Il essaie son bateau avec plaisir. Il n'en a jamais monté d'aussi rapide.

A Monte-Cristo, où Jacopo doit venir le retrouver, il s'arrête de nuit juste en dessous de la grotte et, deux jours plus tard, tout le trésor est à bord,

## UN RICHE ANGLAIS

Dantès attend au large. Il tourne autour de l'île. Il essaie son bateau, comme un cheval.

Le huitième jour, la barque de Jacopo arrive de Marseille : le vieux Dantès est mort ; Mercédès a disparu.

Edmond ne dit rien ; mais il descend à terre pour être seul. Il revient une heure plus tard et demande à deux matelots de Jacopo de monter sur son bateau. Il part pour Marseille.

A son arrivée, il présente un passeport anglais acheté à Livourne et on le laisse passer sans difficulté.

Dans le port, il rencontre un des anciens matelots du *Pharaon*. Il va droit à cet homme et lui pose plusieurs questions. L'homme ne le reconnaît pas. Dantès lui donne une pièce d'argent pour le remercier.

— Pardon, monsieur, dit le matelot, vous vous êtes trompé. C'est une pièce de cinquante francs. C'est trop.

— Ce n'est pas assez, répond Dantès, et il donne, au matelot, une autre pièce de cinquante francs.

Le matelot le regarde s'éloigner, sans penser à remercier.

— C'est quelque roi qui arrive de l'Inde, dit-il.

Dantès traverse la ville. Chaque rue, chaque maison lui rappelle quelque chose. Près de la Canebière, il se revoit, enfant, traversant une place en courant et, plus tard, jeune homme, marchant lentement, Mercédès à son bras. Le cheval d'une voiture manque de le faire tomber.

Enfin, il arrive à la maison de son père. Il demande à entrer au deuxième étage, dans la chambre où le vieil homme est mort. Ce sont deux jeunes gens, mariés depuis huit jours, qui l'habitent.

Dantès ne reconnaît rien de ce qu'il a connu et aimé. Le papier des murs n'est plus le même. Les meubles, ces amis d'enfance, ont disparu. Un nouveau lit a pris la place de l'ancien. C'est à cet endroit que le vieil homme a dû mourir en l'appelant.

Il ne peut pas s'empêcher de pleurer. Les jeunes gens lui parlent gentiment. Quand Edmond les quitte, ils lui disent :

— Revenez quand vous voudrez.

En passant à l'étage en dessous, Edmond s'arrête devant une autre porte. Il demande si Caderousse habite toujours là. On lui répond que le tailleur a fait de mauvaises affaires et qu'il est parti depuis longtemps.

Le soir-même, Dantès achète toute la maison. Il la loue aux deux jeunes gens pour le même prix que leur petite chambre. Il leur demande seulement d'habiter au premier étage.

Le lendemain, au village de Mercédès, per

sonne ne peut dire à l'Anglais ce que la jeune fille est devenue.

Tout ce que Dantès a appris sur ses anciens amis, c'est que Caderousse a acheté un petit hôtel, sur le Rhône, entre Beaucaire et Bellegarde.

## L'HOTEL DE BEAUCAIRE

De son hôtel, où bien peu de voyageurs s'arrêtent, Caderousse voit, un jour, arriver un abbé à cheval. L'abbé arrête son cheval, descend et dit à l'hôtelier :

— C'est bien vous Caderousse, l'ancien tailleur de Marseille ?

— Oui, monsieur l'abbé. Mais, j'ai fait de mauvaises affaires et je suis ici, où je ne gagne pas beaucoup plus d'argent. Ne voulez-vous pas boire quelque chose ?

— Un verre de vin, s'il vous plaît.

Caderousse l'apporte. L'abbé lui demande :

— Avez-vous connu, en 1814 ou 1815, un jeune homme qui s'appelait Dantès ?

— Dantès !... Si je l'ai connu, ce pauvre Edmond ! C'était un de mes meilleurs amis.

— Oui, je crois bien qu'il s'appelait Edmond.

— Savez-vous ce qu'il est devenu ?

— Il est mort prisonnier.

— Pauvre petit ! fait Caderousse. Ah ! le bon Dieu n'est bon que pour les méchants.

— Vous paraissez avoir aimé ce garçon, monsieur.

— Il avait toujours l'air trop heureux et, par moment, ça ne plaisait pas. Mais je l'aimais bien et je l'ai plaint, croyez-moi. Vous l'avez connu ?

— J'ai été appelé par lui quelques jours avant sa mort...

— Savait-il pourquoi il était en prison ?

— Il n'en savait rien.

— Ah bien !... C'est vrai, c'est vrai... il ne pouvait pas savoir.

— Ne perdons pas de temps, reprend l'abbé. Dantès avait soigné un autre prisonnier. Cet homme avait pu garder, sur lui, un diamant. Il l'avait donné à Dantès avant de mourir. Et, le jour de sa mort, Edmond me l'a donné à son tour. Il m'a dit : « J'ai trois bons amis et une fiancée. Voilà le diamant. Vendez-le et donnez une part à chacun. L'un de ces bons amis est Caderousse ». Voilà pourquoi je vous ai cherché.

— Et, ce diamant était gros ?

— Comme le pouce.

— Qu'est-ce qu'il valait ?

— On m'en a donné cent cinquante mille francs.

— Cent cinquante mille francs !...

— Les deux autres amis d'Edmond s'appelaient Danglars et Fernand, n'est-ce pas ?

Caderousse fait un mouvement comme s'il voulait parler.

— Attendez, dit l'abbé, laissez-moi finir. J'ai oublié le nom de la fiancée. L'avez-vous connue ?

— Bien sûr. Elle s'appelait Mercédès.

— Ah ! oui, c'est cela, reprend l'abbé, Mercédès. Qu'est-ce qu'elle est devenue ?

— Elle s'est mariée avec Fernand.

L'abbé devient blanc et ouvre les lèvres comme s'il allait parler. Mais il se tait. Caderousse, qui pense aux cent cinquante mille francs, n'a rien remarqué. Il continue :

— Alors, vous voulez faire quatre parts du diamant ?

— Non, cinq. Edmond voulait que je donne aussi une part à son père.

— Le pauvre homme est mort.

— On me l'avait dit. Mais je n'en étais pas sûr.

— Qui peut le savoir mieux que moi ? reprend Caderousse. J'habitais une chambre dans la même maison que lui. Et savez-vous de quoi il est mort ? De faim !

— De faim ? dit l'abbé, en se levant de table. Même les chiens ne meurent pas de faim. Vous vous trompez !

— J'ai dit ce que j'ai dit, répond Caderousse.

— Personne ne l'a aidé ?

— Si, monsieur Morrel, l'ancien patron de Dantès, et Mercédès, la fiancée. Mais le vieil homme ne voulait rien demander à monsieur Morrel et il refusait de recevoir Mercédès quand elle venait avec Fernand, celui que vous croyez l'ami de Dantès et à qui vous voulez donner une part. Combien dites-vous ?

— Trente mille francs à chacun.

— Croyez-moi, Danglars n'était pas l'ami d'Edmond.

— Dantès m'a dit, reprend l'abbé : si un de mes amis est mort ou si vous apprenez qu'il m'a fait du mal, donnez sa part aux autres.

— Ah ! fait Caderousse, alors je vais tout vous raconter.

Et il raconte à Dantès ce qu'il sait. Il parle de la lettre écrite par Danglars, portée par Fernand, de l'amitié de M. Morrel pour Dantès, des soins qu'il a donnés à son père.

— Mais, que voulez-vous ? Un jour, il a refusé de prendre l'argent que monsieur Morrel lui apportait. A moi, il a dit : « Si vous revoyez mon Edmond, dites-lui que je meurs en pensant à lui. » Et puis, il n'a plus rien mangé, il s'est laissé mourir. Monsieur Morrel a payé l'enterrement.

— Et Mercédès ?

— Oh ! elle a fait pour le vieil homme tout ce qu'elle a pu.

— Et ensuite ?

— Eh bien ! Fernand est parti pour la guerre. Il a bien réussi. Il est revenu. C'est alors qu'il est arrivé ce qui devait arriver et qu'ils se sont mariés.

— Ah oui ! fait simplement l'abbé.

— Que voulez-vous ? Elle ne savait pas ce qu'il avait fait et elle croyait Edmond mort. Depuis, Fernand est devenu très riche. Il se fait appeler maintenant le comte de Morcerf. Danglars, lui aussi, a gagné beaucoup d'argent. Tous ces gens vivent à Paris. Ils ont de belles maisons. On parle d'eux, et moi, je vis ici, comme un pauvre. Je vous l'ai dit, monsieur l'abbé, Dieu n'aide que les méchants.

— Vous avez tort. Voilà les cent cinquante mille francs du diamant. Ils sont à vous.

L'abbé se lève, serre la main de Caderousse et repart pour Marseille. Caderousse le regarde partir, en pensant que cet abbé doit avoir encore de l'argent sur lui et qu'il aurait mieux fait de le tuer.

## LA MAISON MORREL

Le lendemain du jour où Caderousse a reçu un abbé, c'est un Anglais qui se présente chez le maire de Marseille.

— Monsieur, lui dit-il, je suis un agent de la maison Thompson et French de Rome. Nous faisons des affaires, depuis dix ans, avec la maison Morrel, de Marseille. Celle-ci nous doit plus de deux cent mille francs, et... de mauvais bruits courent sur elle. C'est pour savoir ce qui est vrai, que j'arrive de Rome.

— Monsieur, répond le maire, monsieur Morrel est le meilleur des hommes et il a été très riche, mais depuis quatre ou cinq ans, il a eu de nombreux malheurs. Il a perdu plusieurs bateaux et il ne lui en reste plus qu'un, le vieux *Pharaon*. Si vous voulez en savoir plus, allez donc voir monsieur de Boville, l'inspecteur des prisons, rue de Noailles, n° 15. Il a prêté, lui aussi, je crois, deux cent mille francs à la maison Morrel.

L'Anglais arrive au bureau de M. de Boville. Quand il l'aperçoit, il fait un mouvement comme s'il le reconnaissait. M. de Boville, lui, ne pense qu'à son argent et regarde à peine l'Anglais. Il répond à ses questions.

— Oh ! Monsieur Morrel sort d'ici, il n'y a pas une demi-heure. Si son bateau, *Le Pharaon*, ne rentre pas avant le 15 du mois, il ne pourra pas me rendre mon argent. Et *Le Pharaon* est déjà en retard. Il doit, lui aussi, être perdu.

— Monsieur, je vais vous payer les deux cent mille francs que la maison Morrel vous doit.

— Vous allez... Quand ?

— Tout de suite.

— Oh, monsieur, vous me sauvez ! Mais pour quelles raisons ?

— J'ai ordre, de ma maison, de racheter toutes les traites* de la maison Morrel. Je ne vous de-

118

manderai qu'un petit service. Vous êtes inspecteur des prisons ?

— Oui, depuis quatorze ans.

— J'ai été élevé à Rome par un vieil abbé qui a disparu. J'ai appris qu'il avait été prisonnier au château d'If.

— Son nom ?

— L'abbé Faria.

— Oh ! je me le rappelle très bien, dit l'inspecteur. Il était fou. Il croyait connaître un trésor. Il est mort il y a cinq ou six mois. Un homme très dangereux occupait le cachot à côté de lui. Il a voulu se sauver et il a été noyé. On a retrouvé son corps avec ceux de matelots. Voulez-vous voir les papiers de l'abbé ?

— Cela me ferait plaisir.

— Asseyez-vous. Pour mes deux cent mille francs...

— Vous les aurez tout de suite après. Laissez-moi lire.

— Tout ce que vous voudrez.

Après les papiers de Faria, l'Anglais regarde ceux de Dantès. Il trouve la lettre de M. Morrel. Il lit les remarques de M. de Villefort.

M. de Boville s'est éloigné et regarde un journal ; il ne voit pas l'Anglais prendre une lettre, la plier et la mettre dans sa poche. C'est la lettre écrite par Danglars, le 24 février 1815.

— Monsieur, dit peu après l'Anglais en se levant, merci. Voici vos deux cent mille francs. Signez simplement ce papier.

L'Anglais rachète aussi, à la maison Pascal et à

la maison Wild et Turner, trois cent mille francs de traites signées par Morrel.

Le jour où celui-ci apprend que *Le Pharaon* est perdu à son tour, il reçoit toutes les traites qu'il avait signées et un million de francs. *Pour racheter un autre bateau,* lit-il sans comprendre.

A la même heure, l'Anglais quitte Marseille en se disant : « Maintenant, je n'ai plus qu'à m'occuper des autres ». Les autres, ce sont Danglars, Fernand, Villefort...

*L'auteur de ce travail s'est inspiré des principes établis par la Commission Nationale du Français Fondamental. Il remercie tous ceux qui, à un titre ou à un autre, lui ont permis de parvenir à présenter dans un français satisfaisant des textes écrits avec des structures et un vocabulaire très simples.*

P. DE BEAUMONT,

# TABLE DES MATIERES

# EXPLICATIONS DE MOTS
## ET EXPRESSIONS DIFFICILES

**Abbé :** Un abbé est un prêtre catholique.

**Accepter :** Dire oui.

**Apparaître :** Se montrer tout à coup. « Je vois des lettres apparaître » : certaines encres, certains produits ne laissent pas de marques sur le papier. Le papier reste blanc. Mais on le fait chauffer, les lettres (l'écriture) se montrent, apparaissent.

**Approcher :** Venir plus près.

**Appuie** (s'appuyer) : Se tenir à quelque chose, à quelqu'un. « Dantès s'appuie sur une planche » : il pose ses mains sur une planche et fait porter sur la planche une partie du poids de son corps. (Voir dessin p. 93)

**Arrêter :** La police arrête Dantès pour l'amener devant le juge et sans doute en prison.

**Attaque :** Maladie. Le cœur de l'abbé Faria est sans doute malade. Une attaque se produit quand le cœur a de la peine à battre, s'arrête de battre. Il y a cent cinquante ans, on ne savait pas soigner l'homme qui avait une attaque. S'il ne mourait pas à la première ou à la deuxième attaque, la troisième arrivait très vite et l'homme mourait .

**Bonaparte :** Napoléon Bonaparte (1768-1821), empereur des Français. Battu en 1814, il est envoyé à l'île d'Elbe, dans la Méditerranée. Il y reste jusqu'à la fin

février 1815. Il rentre en France, redevient empereur et gouverne jusqu'au 22 juin. Louis XVIII rentre alors à Paris, après que Bonaparte ait été battu à Waterloo et fait prisonnier par les Anglais. (Voir dessin p. 5)

**Bonapartiste :** Un homme qui veut que Napoléon Bonaparte redevienne empereur.

**Barque :** Une barque est un petit bateau fait de planches, qui peut porter peu de gens. (Voir dessin p. 13)

**Barreaux :** Morceaux de fer allongés posés en travers d'une fenêtre pour empêcher de passer.

**Bijoux :** Or, argent, pierres rares travaillés, pour en faire des bagues, des bracelets, des colliers.

**Bonnet :** Sorte de chapeau en laine ou en coton.

**Borgia :** Alexandre Borgia, né en 1431, est pape, c'est-à-dire chef des catholiques, de 1492 à sa mort en 1503.

**Cachot :** Dans une prison, chambre basse et mal éclairée. On met au cachot les prisonniers qui ont fait des choses graves défendues par la loi ou qui ne veulent pas obéir à leur gardien. (Voir dessin p. 53)

**Café :** Un café était, vers 1780, une salle où l'on servait à boire du café. Le nom est resté aux salles ou aux maisons où l'on sert surtout à présent du vin,

123

des alcools, des jus de fruits. (Voir dessin p. 21)

**Canon :** Arme lourde. « On tirera le canon » : pour que tout le monde sache qu'un prisonnier vient de se sauver, le gouverneur du château d'If fait tirer un coup de canon.

**Capitaine :** Le capitaine commande un bateau. Il est souvent appelé commandant et a sous ses ordres un ou plusieurs officiers. (Dantès est le seul officier du « Pharaon » avec le capitaine Leclère).

**Chargement :** Ce que porte ou transporte un homme, un animal, une voiture.

**Compléter :** Ajouter ce qui manque. L'abbé Faria a deviné les mots qui se trouvaient sur la partie du papier qui a été brûlée. Il les a écrits à la suite des autres. Il a « complété » la lettre. (Voir dessin p. 79)

**Couler :** Un liquide coule. Par exemple, l'eau coule le long d'une pente, un fleuve coule vers la mer. « Se laisser couler » : s'enfoncer dans l'eau sans pouvoir remonter. « Se couler » : se glisser ; un serpent se coule à travers l'herbe.

**Couloir :** Dans une grande maison ou dans un château, les portes des salles ou des chambres s'ouvrent sur des « couloirs ». On va d'une chambre à l'autre en suivant un couloir.

**Diamant :** Pierre blanche transparente (rosée ou bleutée) qui est très dure et qui brille quand elle est taillée.

**Découdre :** Contraire de coudre.

**Dette :** Somme d'argent que l'on doit à quelqu'un.

**Devoir :** Faire son devoir : faire ce que l'on doit faire.

**Disparaître :** Contraire d'apparaître.

**Ecrier** (s'écrier) : Dire des mots d'une voix forte.

**Eloigne :** « S'éloigner » : aller plus loin. C'est le contraire de « s'approcher » : venir plus près.

**Empereur :** Voir Gouverner.

**Empoisonner :** Donner du poison à quelqu'un. Le poison est un produit qui tue.

**Emprisonné :** Etre mis en prison.

**Ficelle :** Corde fine.

**Folie :** Est pris de folie quelqu'un qui a perdu la raison. C'est un fou.

**Fuir :** Se sauver, partir vite.

**Fusil :** Arme à feu. Les soldats qui gardent les prisonniers du château d'If sont armés de fusils. Ils tournent autour du château sur le haut des murs ou sur des chemins entre les murs et la mer. (Voir dessin p. 103).

**Gouverner :** Diriger. Un roi, un empereur, un premier ministre sont les chefs d'un pays. Ils gouvernent. Les ministres forment le gouvernement d'un pays.

**Gouverneur :** Le gouverneur du château d'If est le chef de cette prison.

**124**

**Grotte :** Une grotte est un grand trou creusé sous terre le plus souvent par les eaux.

**Guerre :** Lutte entre deux pays. La guerre entre l'Europe des rois et la France a repris au retour de Napoléon de l'île d'Elbe, fin février 1815.

**Inspecteur :** Un inspecteur des prisons est un homme qui est chargé d'aller dans les prisons voir si les prisonniers reçoivent la nourriture prévue par la loi.

**Large :** Le château d'If est au large de Marseille, c'est-à-dire construit sur une île en mer devant Marseille. Aller « vers le large » : aller plus loin en mer, s'éloigner de la terre. (Voir dessin p. 42-43)

**Loi :** Règles auxquelles les hommes doivent obéir. « Au nom de la loi » : l'officier ou le policier qui vient arrêter quelqu'un dit qu'il l'arrête « au nom de la loi ». Cela veut dire qu'il a reçu des ordres d'un juge pour arrêter quelqu'un, et donc que l'homme doit obéir et se laisser arrêter.

**Matelot :** Un matelot est un homme qui aide à conduire un bateau. Il travaille sous les ordres d'officiers.

**Mouiller :** « Les bons endroits pour mouiller » : les endroits, le long des côtes, où les bateaux peuvent s'arrêter sans tanguer.

**Napoléon :** Voir Bonaparte.

**Nourri :** « Etes-vous bien nourri ? » : est-ce que l'on vous donne à manger ce qu'il vous faut ?

**Pays :** « Faire de l'Italie un seul pays ». En 1789, il y avait encore beaucoup de pays différents en Italie. Napoléon a commencé à en réduire le nombre. Mais ce n'est qu'en 1861 que l'Italie ne formera plus qu'un seul pays.

**Pièces :** Monnaies. Jusqu'en 1914, on payait tout ce qu'on achetait avec des « pièces » d'or, d'argent ou de cuivre.

**Place :** Un agent d'un gouvernement est payé pour faire un certain travail. Il a une « place », une situation, un poste.

**Pot :** Pot à fleurs : récipient dans lequel des gens font pousser des plantes. C'est ce que le père d'Edmond a fait. Il attache une branche d'une plante quand son fils entre.

**Prière :** Quand un catholique meurt, un prêtre (un abbé) doit être appelé pour « prier », dire une prière, pour le mort, c'est-à-dire demander l'aide de Dieu.

**Prison ·** Endroit où l'on enferme les gens qui ont fait des choses défendues par la loi. On les « emprisonne ». Le château d'If était une prison.

**Recoudre :** Coudre de nouveau.

**Reins :** Partie inférieure du dos.

**Roi :** Chef d'un pays.

**Royaliste :** Homme qui est pour le roi, qui veut être gouverné par un roi.

**Santé :** « Boire à la santé de quelqu'un », c'est boire après avoir dit à quelqu'un : « Ayez une bonne santé, soyez heureux, ayez du bonheur ».

**Sonner :** Bruit que fait une sonnette ou petite cloche. On sonne pour faire venir quelqu'un.

**Soulever :** Lever un peu une chose ou une personne ; se soulever sur l'eau : lever le haut du corps au-dessus de l'eau. (Voir dessin p. 93)

**Souterrain :** Passage, couloir sous la terre. (Voir dessin p. 66)

**Tailleur :** Un homme qui fait des pantalons, des vestes. Il achète du tissu, le coupe et coud les morceaux ensemble.

**Traite :** Quand on signe une « traite », on promet de payer une somme d'argent un certain jour.

**Tremble :** Du verbe « trembler » : faire de petits mouvements qu'on voudrait ne pas faire. On tremble quand on a peur, quand on est très en colère.

**Trésor :** Beaucoup d'or, d'argent, de pierres précieuses. On peut cacher un trésor pour le retrouver plus tard. (Voir dessin p. 110)

Impression La Haye – Mureaux

Dépôt légal 575

1er trimestre 1968 – Imprimé en France

N° d'Edition 704